# 초식남
## 이지만
# 채식주의자는
# 아닙니다

육식의 종말 시대에 고기의 인문학을 외치다

# 초식남이지만 채식주의자는 아닙니다

변준수 지음

# 자네, 어디서 고기 좀 먹어봤나?

'내 이야기를 쓰고 싶다'는 생각이 들고 가장 먼저 썼던 건 퇴사하고 나서 겪었던 백수의 일상을 적은 글이었다. 하지만 뭔가 너무 뻔하고 특별하지 않은 느낌이었다. 남들 다 쓰는 평범한 글에 내 경험을 덧입힌 느낌이었다. 그래서 한참을 고민했다.

질문이 꼬리에 꼬리를 물었고, 생각이 멈추질 않았다. 나는 누구일까? 나는 어떤 사람일까? 난 뭘 좋아하지? 그런데 명확하고 만족스러운 답은 도무지 나올 기미가 안 보였다. 답답한 마음에, 전부터 점찍어 두었던 부속 고기를 파는 식당을 찾았다. 일반적으로 먹는 소와 돼지의 주요 부위를 제외하고 특수 부위만 모아 파는 그 식당은 아는 사람은 다 아는 맛집이었다.

뽈살과 주먹고기를 시키고 소주를 들이켰다. 잔을 두 번쯤 비웠을 때 주문한 메뉴가 나왔다. 고기를 들어 올려 잘 달궈진 불판 위로 살포시 올렸다. '좌악~!' 하는 소리가 마음 한켠에 작은 물결을 만들었다. 붉은 살점이 노릇노릇 캐러멜 빛깔로 변하기 시작했다. 젓가락을 들었다. 그 순간 옆 테이블의 어르신 한 분이 말을 건넸다.

"자네, 어디서 고기 좀 먹어봤나?"

나이 드신 분들로 가득한 곳에 젊은 사람이 있는 것만도 눈에 띄는데, 우걱우걱 열심히 먹기까지 하는 모습이 신기하셨던 모양이다. 내가 고기를 잘 구워 기특하셨던 것일까, 아니면 소주를 마시는 모습에서 우울함을 느끼셨던 걸까. 친구분들과 함께 오셨던 그 어르신은 맛있게 먹으라며 1인분을 내 테이블에 추가해 주셨다. 괜찮다며 손사래를 쳤지만 주문은 들어갔고, 이왕 주신 거니 맛있게 먹어야지, 하는 생각으로 고개를 꾸벅거렸다. 어르신은 "혼자서 고기를 편하게 먹을 수 있는 세상이라니, 참 많이 좋아졌어."라고 하셨다.

　'아?!! 나 고기 좋아하지!'

계산을 하고 나오면서 든 생각이다. 나는 어릴 적부터 고기를 참 좋아했다. 성인이 된 후로는 고기 한 점에 술 한 잔 기울이는 게 낙이 되었다. 게임에도 관심이 없고, 담배도 피우지 않는 내게 유일한 사치는 고기와 술이었다.

'고기를 좋아하는 사람' 하면 소설 『수호지』에 나오는 호걸들처럼 한 손에는 고깃덩이를 들고, 다른 한 손으로는 술을 항아리째 마시는 마초를 먼저 떠올리는 이들이 많겠지만, 사실 나는 전형적인 초식남이다. 카페에서 홀로 커피 마시며 사색하기를 이야기하는 것만큼 좋아하고, 야외 활동을 재미있어하면서도 본성은 집돌이다. 무엇보다 내가 좋아하는 영화를 보며 고기를 먹을 때면, 누구의 방해도 없이 홀로 오롯이 즐기고 싶다.

그래서 이 글을 쓰게 됐다. 그래도 30년 넘게 고기를 먹었으니 이 주제로 글을 쓰면 조금이나마 사람들의 공감을 끌어낼 수 있으리라 생각했다. 대부분의 현대인이 그렇듯 나 역시 바쁘다는 이유로, 또 일하다 보면 너무 배고프니까 대충 먹기 일쑤다. 그러나 유일하게 먹는 것에 온 마음을 다할 때가 있으니 바로 고기를 앞에 둔 순간이다. 고기를 마주하자 '고독한 미식가'처럼 차분하던 남자의 눈빛은 변한다. 안경 너머로 무언가 번뜩이는 느낌이다. 남자는 젓가락을 집어 든다. 뭐 이런 느낌이랄까?

살아가다 보면 자신을 속여야 할 때가 생각보다 많다. 아무렇지 않은 척, 상처받지 않은 척하며 스스로를 다독여야 하는 순간들. 하루에 세 번, 식사하면서 고기를 먹을 때만큼은 솔직해질 수 있다면 그것만으로 어느 정도 행복할 수 있지 않을까.

- 2024년 12월 어느 날,
어느 고깃집에서 변준수

# 차례

프롤로그　자네, 어디서 고기 좀 먹어봤나?　　　　　　　4

**코끼리도
초식동물
입니다** ✕ C　h　a　p　t　e　r　　　0

1. 풀떼기도 잘 먹는 남자　　　　　　　　　　　　　17

2. 고릴라도, 코끼리도 풀을 먹습니다　　　　　　　　22

3. 고기를 먹은 만큼 소화 잘 시키는 사람　　　　　　27

어디서 × C h a p t e r 1
고기 좀
먹어 본
사람

1. 첫 고기                                           35

2. 2인분 먹을 건데요?                                 41

3. 소문난 잔치에서 고기 먹기                           47

4. 고기의 소리를 찾아서                               52

5. 굽부심                                           57

6. 정육점에 고기가 없다?!?                            61

7. 마지막 고기 한 점, 누가 먹어야 하나                  67

8. 쌈 싸 먹어!                                       74


당신이 × C h a p t e r 2
집은
고기
한 점의
철학

1. 고기 속 허세 한 움큼                               83

2. 배달의 민족? 고기의 민족!                           93

3. 내장을 먹으면 어른이 되는 거야                      100

4. 눈물 젖은 고기는 왜 없는 걸까                       107

5. 육지 것이 제주서 고기 먹다 목이 멘 이유              114

6. 봉 감독은 고기 넣을 계획이 다 있었구나              119

7. 식용과 멸종 사이        125

8. 육식의 원죄        131

**고기**
**먹는**
**초식남**

× Chapter 3

1. 옥자를 보고도 삼겹살을 먹었어        143

2. 닭가슴살을 튀겨버렸다        147

3. 싸구려 고기를 먹는다        153

4. 비둘기 꼬치        158

5. 닭다리의 룰        163

6. 비건 레스토랑에서 고기 찾기        169

7. 올봄에는 도다리를 먹을 수 있을까?        176

인생은
고기서
고기다

C h a p t e r 4

1. 감자탕 등뼈 같은 사람                        185

2. 삶의 처음과 끝에 탕수육이 있었다              189

3. 홍어와 통과의례                              195

4. 비계는 살 안 쪄요                            202

5. 김치찌개 속 고기                             206

6. 순대 좋아해요?                               211

7. 고기를 먹지 못하는 때가 온다면               217


에필로그   한 번쯤 생각해 보는 고기의 삶         222

Chapter 0

코끼리도 초식동물입니다

# 1
# 풀떼기도 잘 먹는 남자

"고기 좋아하니까 풀떼기는 잘 안 먹겠네?"

고기를 좋아하고 고기 관련 글까지 썼다고 하니 다들 이런 반응을 보인다. '고기반찬을 좋아하는 것'이 '채소를 싫어하는 것'은 아닌데 말이다. 육식의 반대는 채식이나, 고기 좋아하는 사람은 채소는 안 먹을 거라는 이분법적 생각. 십몇 년 전에도 비슷한 친구가 하나 있었다.

제대 후 칼복학한 23세의 변준수는 살 빼는 데 관심이 많았다. '대학 가면 여자친구 생겨'라고 말하던 어른들의 말이 사실이 아니라는 걸 알고 나서 '살을 빼면 여친을 사귈 수 있겠지'라는 단순한 생각을 하고 있었다. 나는 1학기부터 미친 듯이 운동하고 식단을 조절해 원하는 체중까지 도달했다. 그런데 나와 비슷한 시기에 복학한 동기는 복학하자마자 매일같이 술을 마시다가 살이 더 쪄버리고 말았다. 그리고 그 녀석은 '황제 다이어트'를 하겠다고 선언했다.

탄수화물을 줄이고 단백질과 채소를 많이 먹는다는 점이 끌린 모양이다. 그런데 운동량을 늘리거나 금주하는 습관과 같이 다이어트에 있어 당연하게 동반되어야 하는 부분을 경시했다. 그렇게 두 달 정도가 흐른 10월 말, 녀석은 헬스장에서 운동하다가 갑자기 풀썩하고 쓰러져버렸다. 다행히 운동기구에 부딪히지 않아 크게 다치지는 않았지만, 현기증이 자주 나고 없던 변비까지 생기자 불안했는지 병원으로 향했다. 그리고 탄수화물뿐만 아니라 채소도 잘 먹지 않아 영양 불균형이 발생해 이런 일이 생겼다는 이야기를 들었다고 한다.

여러분은 '그래서 채소를 챙겨 먹게 되었다는 건가?'라고 생각할 수도 있다. 그런데 이건 순전히 이 글을 읽는 이들을 위해 쓴 내 경험담에 불과하다. 나는 채소, 누군가는 풀떼기라고 하는 것들을 좋아한다. 고기를 제대로 맛보기 위해서는 채소가 필요하기 때문이다.

사람들이 느끼기에는 '고기를 좋아한다'는 부분과 '채소를 좋아한다'라는 게 도무지 하나로 이어지지 않는, 간극이 존재하는 듯 보인다. 가만히 생각해 보면 고기 하나, 채소 하나만 나오는 요리는 없다. 고기와 채소는 애초에 요리, 음식으로 나올 때 분리될 수 없는 존재들이다.

잘 구운 스팸 한 조각을 가장 최상의 맛으로 느끼기 위해서는 갓 지은 흰 쌀밥과 잘 익은 겉절이가 필요하다. 어느 요리 서바이벌 프로그램의 심사위원이 말한 'even'하게 구워진 스테이크를 잘 즐기기 위해서는 스테이크 전에 샐러드로 입맛을 돋우고 입안을 상쾌하게 만들어야 한다. 돼지국밥의 진한 국물을 균형감 있게 만들려면 부추, 부산 사람들에게 있어 정구지가 있어야 한다.

모든 음식은 고기와 채소, 곡물이 조화롭게 어울려야 한다. '탄단지(탄수화물·단백질·지방)가 균형을 이뤄야 한다'는 영양학적인 지식을 꺼내지 않더라도 고기와 채소가 함께 있는 게 좋다. 어릴 적부터 오래 봤던 모습이라 익숙하기도 하고, 맛도 좋다.

그럼에도 고기를 좋아하는 사람이 채소도 잘 챙겨 먹는다는 게 어색하다면 이렇게 이야기하고 싶다.

- 집에서 밥을 먹을 때면 돼지고기 주물럭이나 제육볶음 만들 재료를 갖춰놓는 사람
- 마땅한 육류 재료가 없을 때는 계란 후라이를 통닭처럼 생각하며 먹는 사람
- 성인이 되고 나서 김치찌개에 돼지고기를 조금 더 많이 넣는 사람
- 아내가 해준 메추리알 장조림을 보고 '에이, 소고기도 있어야 진정한 장조림이지'라고 따진 사람
- 크리스마스에는 구하기 힘든 칠면조를 대신해 커다란 장닭을 오븐에 구워 먹는 사람
- 누군가를 대접하거나 중요한 식사에는 고기 요리가 있는 곳을 먼저 떠올리는 사람

고기를 소재로 하는 여타 크리에이터들에 비해서는 약소할지 몰라도 좀 더 맛있게 먹을 방법을 생각하고, 고기를 먹으면서 삶의 작은 순간을 마주하는 사람. 이 정도면 고기를 좋아한다고 말할 수 있지 않을까.

그리고 고기를 맛있게 먹으려면 여러 채소가 곁들여져야 한다. 김치 없는 설렁탕을 상상할 수 없고, 섞박지 없는 순

대국밥은 한 그릇을 먹기 힘들다. 쌈 채소나 된장찌개, 마늘, 양파와 같은 향신채 없이 삼겹살을 구워 먹는다면 고기를 많이 먹을지언정 깔끔하게 먹었다는 느낌을 받기 어렵다.

누군가 '고기를 좋아하는 초식남의 모습은 무엇일까요?' 라고 묻는다면 이렇게 답을 할 것만 같다.

"상추와 깻잎을 한 장씩 얹고 그 위에 파채 무침을 조금 올립니다. 그리고 고기를 한 점 얹습니다. 마늘이나 고추, 양파를 기호대로 쌓아 올리고 쌈장도 얹죠. 아! 저는 고기를 좋아하니 한 점 더 올리겠습니다. 이걸 베어먹지 않고 입안 가득 먹는 모습, 이게 고기 좋아하는 초식남이 아닐까요."

# 고릴라도, 코끼리도 풀을 먹습니다

고기를 좋아하는 초식남에 대해 이야기하다 보니 '그래서 초식남이 뭘까?'라는 질문 앞에 서게 됐다. 제목부터 초식남을 앞세우고 있는데 스스로 정의하지 못하면 안 되니까.

내 기억에 가장 먼저 초식남이라는 단어를 들었던 때는 15~16년 전쯤 뉴스에서 '우리나라 남성들도 일본처럼 여성들과의 연애에 몰두하기보다 자신이 좋아하는 취미에 집중하는 모습을 보인다. 과거 마초맨macho man과 같은 남성성 강한 모습과 달리 순하고 조용한 성격을 지닌 사람들을 지칭한다'라는 내용의 기사였다.

스스로 '초식남'이라고 지칭하면서 떠올렸던 이미지는

기사에도 언급된, 이 단어가 처음 사람들의 입에 오르내릴 때 떠올렸던 잔상들이다. 내가 그린 이상적인 초식남의 모습은 평소 조용하고 차분하며 교양과 예의를 갖춘, 하지만 아닌 건 아니라고 말할 수 있는 사람, 그리고 무엇보다 확고한 취미와 생각을 하는 모습이었다. 음악만큼 식도락 여행에 진심인 가수 성시경 씨나 어려운 지식을 쉽게 전달하기 위해 자신을 낮추며 대중 속으로 들어간 유튜버 슈카와 과학 크리에이터 궤도 등이 내가 생각하던 초식남의 모습이었다.

하지만 과거와 지금을 비교하면 남성들의 모습, 연애를 대하는 태도 등이 많이 바뀌었다. 10여 년 전 자주 언급됐던 초식남, 건어물녀와 같은 단어들은 차분하고 조용한 이미지가 강했는데, 요즘은 두 단어 모두 인간관계에 있어 수동적인 느낌을 더 많이 풍긴다.

상남자 이미지가 가득했던 과거보다 남성들의 모습에서 공세적인 모습은 꽤 사라진 것처럼 보인다. 정의감과 기사도로 무장한 모습보다 교양과 예의를 갖춘 '신사', 'gentlemen'이 이상적인 모습으로 언급되고 있다. 예전의 초식남과 달리 공대남, 너드nerd와 같이 최근에 조용하고 차분한 남성을 가리키는 단어에는 약간의 강박, 낮은 자존감, 인간관계의 어려움 등이 녹아 있는 모습이다.

　이러한 변화를 바라보면서 '초식남'이라는 단어를 사람들이 어떻게 인식할지 역시 고민되기 시작했다. 차분하고 조용한 외적 모습을 보이지만, 자신의 확고한 생각과 가치관을 바탕으로 나만의 영역을 구축해 가는 모습이 처음 떠올린 '초식남'이었는데, 대중은 아무 말 없이 고기를 입속으로 욱여넣는 소극적인 남성으로 기억할 수도 있다는 느낌을 받았다.

　그런데 초식남들이 항상 온순하고, 언제나 차분한 것만은 아니다. 나를 포함한 주변의 초식남들에게서 평소에는 차분하더라도 열정적인 모습이 필요할 때는 세상 에너지 넘치는 모습으로 변하는 것을 확인할 수 있다.

　부드러운 인상과 차분한 성격으로 해외를 오가며 일하는 대학 선배 K는 잉글랜드 프리미어리그 리버풀 팬이다. 그는 '콥Kop(리버풀 골수팬을 이르는 말)'으로서 매년 영국에 방문하는 것은 물론, 경기장에서 영국 아저씨들이 놀랄 정도로 열정적으로 응원한다.

　독서 모임에서 만난 바리스타 Y는 누구보다 조용하고 나직이 대화하는 사람이지만, 피아노를 연주할 때면 리스트가 된다. 저러다 손가락이 다치지 않을까 싶을 정도로 연주에 몰입한다.

　나 역시 비슷하다. 평소에는 차분하고 조용한 편이지만, 누구보다 이야기 나누는 걸 좋아한다. 개인적인 장점이라면 장점일 정도로 처음 만난 이들과도 대화를 잘 이끌어 간다. 영화와 글쓰기, 독서, 영화 촬영지 여행, 타로 카드 리딩 등 나만의 취미와 특기가 있다. 그렇다고 내가 좋아하는 걸 타인에게 강요하거나 (쓸데없이) 내 의견을 강하게 피력하지는 않는다. 무례한 사람이 아닌 이상 다른 사람과 자연스럽게 관계를 맺고 인간적인 교류를 이어나가는 데 주저함이 없다.

　고기를 먹을 때면 초식남의 온순함은 마초맨의 열정으로 바뀐다. 캠핑을 가서 드럼통에 고기를 구울 때나 김장을 끝내고 함께 먹을 수육을 삶을 때, 연말에 모인 친구들을 대접하기 위해 오븐에서 칠면조를 요리할 때면 생애 마지막 고기라고 생각하면서 몰입한다.

　사람들을 많이 만날수록 강하게 자리 잡는 생각 중 하나가 있다면 '한 가지 면만 바라보고서 그 사람을 온전히 이해했다고 말하기 힘들다'라는 점이다. 누군가에게 보이고 싶지 않은 모습이 있는 사람도 있고, 속마음과 겉모습이 다른 사람도 있다. 일할 때와 쉴 때 다른 자아를 가진 이도 있고, 평소 생활과 고기를 먹을 때 모습이 다른 사람도 있다.

코끼리와 고릴라는 사바나 초원과 밀림에서 왕처럼 군림한다. 사자, 하이에나, 재규어, 표범 등 그들 곁을 둘러싼 맹수들이 많지만, 코끼리와 고릴라에게 함부로 할 수 없을 정도로 강력하다. 나무를 쪼갤 힘을 가진 그들이지만 주로 풀을 먹는다. 초식남이라고 자신을 정의하지만 고기를 좋아하는 나처럼.

# 3
## 고기를 먹은 만큼
## 소화 잘 시키는 사람

한때 유튜브에서는 '만화 고기'라고 불리는 고기 음식이 유행했다. 〈원피스〉의 루피나 〈삼국지〉의 장비가 팔뚝보다 굵은 뼈를 들고 그 뼈에 붙은 고기를 뜯어 먹는 모습은 그 자체로 군침이 돌게 한다. 그들 옆에는 자기 몸만 한 항아리가 놓여 있다. 누가 봐도 어마어마한 식사량에 놀랄 법도 하지만, 극 중에서 그들의 움직임, 활동량을 보면 '저 정도는 먹어야겠구나' 하고 생각할 때가 많다. 그만큼 육식을 한다는 건 '큰 힘을 낸다'라는 의미로 받아들여지곤 한다.

고기를 마음껏 먹기 힘들었던 과거 조상들을 보면 지금 대접 크기의 공기에 밥을 고봉으로 담아 고기의 빈자리를 메우려 했다. 예나 지금이나 중요한 행사, 인생의 분기점을 지날 때면 고기 음식을 사주거나 먹는다. 중요한 데이트에서 스테이크를, 누군가를 대접할 때는 소고기나 갈비, 어머니나 아내가 오랫동안 집을 비울 때면 소나 돼지 뼈로 끓인 육수에 삶은 고기가 가득한 곰탕을 먹는 것처럼 말이다.

나름 큰 의미를 지닌 고기, 고기를 '좋아한다'라고 말하면 관심 없던 사람들의 시선이 흥미롭게 바뀌는 걸 느낄 수 있다. 사람들은 몸을 위에서 아래로 훑어볼 때가 있는데, 그럴 때면 그들이 속으로 '저 덩치면 고기를 많이 먹어야겠네'라고 말할 것만 같다.

우리 부모 세대만 해도 '육류를 즐긴다'는 건 '부유하다'라는 말이기도 했다. 언제든지 원할 때, 고기를 사다 먹을 수 있게 된 건 4~50년 전만 해도 힘든 일이었기 때문이다. 그런데 어디에서나 고기가 있고, 자주 먹게 되자 육식을 자주 하는 사람, 고기를 좋아한다는 의미가 바뀐 듯하다. 여기에다가 육식의 폭력성, 공장제 도축의 문제점을 지적하는 사람도 늘었으니 고기를 좋아하는 행위가 탐욕스러운 모습으로 비치고 있다.

나처럼 덩치가 있는 사람들이 고기반찬에 한 번 더 손을 가져가면 '식탐이 많은' 사람처럼 생각하는 이가 늘었다. 그렇다고 항상 먹는 고기를 끊을 생각은 없다. 균형 잡힌 식단을 위해서라도 고기를 끊는 것보다 줄이는 게 낫다. 사찰에서 음식을 하는 스님들도 건강을 생각해 성장기 동자승에게는 고기를 먹이는 이치와 같다.

남의 눈치를 모두 신경 쓸 필요는 없다. 다만 고기를 먹는 행위, 좋아하는 습관이 탐욕이 아닌 '만족'하는 모습으로 보이도록 약간의 노력을 기울인다. 우선 날씬하진 않더라도 둔해 보이지 않게, 건강한 몸을 유지하려 애쓴다. 미식美食 역시 건강하게 살기 위해 하는 행동 중 하나다. 고기를 맛있게 오래오래 먹기 위해서는 건강을 유지해야 한다. 주변 어르신들을 보면 고기를 그렇게 좋아하시던 분이었는데도 나이가 들수록 예전처럼 먹지 못하는 모습을 종종 봤다. 노화에 따른 식사량 감소는 필연적인 부분이지만, 되도록 오랜 기간, 적은 양의 고기반찬이라도 부담 없이 맛있게 먹기 위해서라도 운동과 건강관리는 필수다.

다음은 '식탐을 부리지 않는다'이다. 사람들은 접시에 남은 마지막으로 남은 고기 한 조각은 살찔 것 같다며 피하지만, 음식을 시켜 나눠 먹는 자리에 있는 고기반찬은 조금이라도 더 가져가려 할 때가 있다. 코미디언 문세윤 씨는 "탕수육 부먹,

찍먹 고민 말고 하나라도 더 먹어라."고 했으니 말이다. 꽤 공감하는 말이지만, 고기는 푸짐하게 먹되, 다른 이들과 나눠 먹을 때 그 맛이 더 좋아진다. 구석기 시대 매머드를 잡은 사냥꾼 무리는 나 홀로 먹는 것보다 동굴에서 기다리고 있을 가족, 부족과 함께 매머드 고기를 구워 먹을 상상을 하며 집으로 돌아왔고, 어머니는 따뜻한 쌀밥에 고기 한 점을 얹어 맛있게 먹을 가족의 얼굴을 떠올리며 저녁 식사를 준비했을 것이다. 조금 늦은 퇴근을 뒤로 한 채 집으로 향하던 아버지들이 치킨 한 마리를 사서 들어온 이유도 힘들었던 하루, 맛있는 고기를 내가 사랑하는 아내, 아이들과 나눠 먹기 위함이었다. 적당히 먹고, 먹은 만큼 소화를 잘 시킬 때 맛도, 건강도 챙길 수 있다.

마지막으로 고기 먹는 개똥철학을 얘기하자면, 강요하지 않는 것이다. 사람들에게는 '어떤 음식은 이렇게 먹어야 한다'라는 자신만의 원칙이 있다. 그런데 이게 과하면 타인이 그 음식을 싫어하게 되는 계기가 될 수도 있다.

한때 일부 평양냉면 마니아들이 평양냉면에 그 어떤 것도 넣지 않고 심심한 국물 맛을 느껴야 진짜를 맛볼 수 있다면서 겨자, 식초 등 다양한 양념을 첨가해 먹는 이들을 지적한 적이 있다. 이 논쟁은 꽤나 진지해서 갑론을박이 이어졌다. 그러다가 2018년 남북평화협력을 기원하는 남측 예술단 공연이 평양에서 진행됐고, 많은 연예인이 북한에서 공연하고 돌아왔다. 그때 북한에서는 옥류관에서 접대했는데 평양냉면 먹는 법을 묻는 연예인들에게 "취향대로 드시면 된다."라며 식초, 고춧가루, 겨자 등 다양한 소스를 준비해 줬다고 한다. 자매품으로 냉면에 올라간 삶은 달걀을 식사 전에 먹는다, 마지막에 먹는다 논쟁도 있다.

'제사는 집안마다 다 다르고 그 집안의 원칙이 맞다'라는 말처럼 고기도 자신이 즐기고 싶은 모습대로 즐기면 되고, 타인도 나처럼 각자의 방식대로 먹으면 그만이다.

드라마나 영화에 나오는 주인공들이 고기를 먹을 때면 욕망이 가득한 모습으로 비친다. 그렇다고 우리가 먹는 고기까지 그럴 필요는 없다. 적당히 먹고 잘 소화시키는 모습이라면 푸드 파이터보다 미식가로 비칠 테니.

# Chapter 1

어디서 고기 좀 먹어 본 사람

# 1 첫 고기

인생은 매 순간이 처음의 연속이다. 비슷한 경험이더라도 어제 했던 행동과 오늘 했던 행동이 구분되듯이, 어제 내가 먹은 고기와 오늘 내가 먹은 고기는 엄연히 다르다. 어쩌면 우리의 삶은 '고기서 고기로' 가는 길목 어디쯤일지도 모른다.

그중에서도 처음 경험하는 고기의 맛은 잘 잊히지 않는다. 나는 언제 처음 고기를 입속으로 넣었을까? 너무나도 당연하게, 내가 처음 맛본 고기는 이유식 속에 섞여 있던 다진 고기였을 것이다. 어릴 적이니 식감이나 맛보다는 고기를 먹는다는 것 자체에, 그로부터 영양분을 섭취한다는 것에 의미가 있었을 테지. 그렇다면 내가 기억하는 첫 고기는 뭘까? 첫 고기 얘기를 하니 어머니께서 말씀하셨던 이야기가 떠오른다.

"지금이니까 삼겹살을 게 눈 감추듯이 다 먹지. 어릴 적엔 기름장을 찍어서 오물거리다가 뱉었어. 물만 쪽 빨고 뱉은 거지."

"네? 제가 고기를 먹다가 뱉었다고요?"

믿을 수 없었지만 사실이었다. 그 얘기를 듣고 나니 어렴풋이 옛 기억이 떠올랐다. 전등 켜진 환한 거실에서 가족과 함께 고기를 구워 먹는 자리였다. 노란 벽지만큼 영롱한 빛깔을 내던 기름장에 삼겹살을 콕 하고 찍어 입안으로 넣었다. 그리고 몇 번 씹은 후 고기를 뱉었다. 옆에 계신 고모는 "고기 먹을 줄 모르네."라고 핀잔을 하셨다. 하긴 네 살짜리 꼬마가 삼겹살의 고소함과 육질의 쫀득함을 즐기기란 쉽지 않았을 거다. 어린 시절 내 옆에서 삼겹살을 함께 먹던 수많은 사람들은 그 고기를 보며 얼마나 아까워했을까? 그때는 고기보다 생선을 좋아해서였는지, 삼겹살뿐 아니라 다른 고기도 대충 먹기 일쑤였다. 특히 삼겹살에 대한 홀대는 꽤 오래갔다.

그러다가 외갓집에 놀러 간 어느 날, 사촌 누나와 사촌 동생이 상추에 삼겹살, 고추, 쌈장을 턱 하니 얹어서 먹는 걸 보고 적잖이 충격을 받았다. '너, 고기를 그렇게 맛없게 먹어?'라고 눈으로 말하는 누나의 표정과 '형이라면서 쌈도 안 싸 먹네'라는 듯한 동생의 웃음은 '고기 먹을 줄 모르는 놈'이라는 자각을 온몸으로 느끼게 했다. 그날 이후 초등학생이 먹을 수 있을 쌈 완전체(고기+상추+쌈장) 조합을 시도했다. 역시 사람들이 많이 하는 데는 이유가 있는 법이다.

그 뒤로 고기, 특히 삼겹살을 제대로 먹게 됐다. 양념을 곁들여 조화롭게 먹는 것도 좋지만 최근엔 고기의 질이 좋다면 가급적 양념 없이 고기 본연의 맛을 즐기는 쪽으로 먹고 있다. 나이가 들수록, 경험이 쌓일수록 입맛이 발달하고 먹는 방법도 진화하는 듯하다. 점점 고기 본래의 맛을 찾다가 이제는 육회를 좋아하게 됐으니 말이다.

이처럼 몰랐던 방법을 알게 돼 새롭게 고기를 즐기는 첫 경험도 있는 반면, '이걸 어떻게 먹어?' 싶은, 도저히 친해지지 못할 것 같은 경우도 있다. 특히 스스로 생각하던 '본연의 맛'과 거리가 있는 고기를 처음 만난다면 당황스러움은 배가 된다. 그러면서 자연스레 이런 생각이 든다.

'이거 고기 맞아?'

아버지는 홍어회를 좋아하신다. 해마다 단골 홍어집에서 홍어를 몇 킬로그램씩 주문해 집으로 배송한다. 덕분에 나도 홍어로 만든 웬만한 요리는 다 먹게 됐다. 범인들은 범접하기 힘든 홍어 코, 홍어탕, 홍어전까지도. 비염 증상이 있는 나로서는 홍어를 만난 게 참 반가울 따름이다. 홍어를 입에 넣는 순간 코가 뻥 뚫리면서 온몸에 육향이 퍼지기 때문이다.

지금이야 홍어 요리가 아버지에게 영혼의 파트너 같은 존재지만, 둘의 만남이 처음부터 순탄했던 건 아니다. 어릴 적 나와 삼겹살의 만남이 약간 삐걱거리는 자전거 안장 같았다면 아버지와 홍어의 만남은 그야말로 브레이크 없는 차로 달리는 고속도로였다. 아버지가 놈을 처음 만난 건 처가댁(나의 외갓집)으로 인사를 드리러 간 날이었다.

어머니 고향은 전남 담양이다. 예부터 전라도 지역에서는 귀한 손님이 오는 자리나 잔칫상에 커다란 홍어를 내놓곤 했다.

그날 역시 할머니께서는 예비 사위를 맞이하기 위해 잘 삭은 홍어 한 마리를 준비하셨다. 홍어 옆으로는 갈비, 죽순 요리 등도 올라왔고, 그렇게 진수성찬이 차려졌다. 상 한편으론 홍어무침처럼 홍어를 활용한 음식도 자리를 차지하고 있었다

(홍어탕이나 홍어전이 없었던 게 그나마 다행이라고 해야 할까). 처가댁에 가서 맛있게 먹어야 점수를 딸 수 있다는 말을 들은 아버지는 상다리가 휘어지게 차려진 식탁에 놀랐다. 그런데 그 가운데서도 홍어라는 녀석이 눈에 띄었다고 한다. 분명 회라고 들었는데 그때까지 알던 회와는 딴판이었다. 심상치 않은 놈의 모습. 긴장한 예비 사위는 여자 친구에게 조심스레 물어봤다.

"회인데 색깔이나 상태가… 원래 이런 건가요?"

홍어를 처음 본 입장에서는 충분히 이상하게 생각할 수 있었을 것이다. 분명 생선회라는데 색이 탁하고 상품上品이라고 들었는데 특이한 냄새가 난다. 입에 넣으니 톡 쏜다. 동공이 흔들리고 콧구멍이 벌렁거리는 게 당연한 상황. 다행히 예비 사위는 꾹 참고 회를 삼켰다고 한다.

아버지는 경상도 분이어서 그날 태어나서 처음 홍어를 봤다고 했다. 군 전역 후 부산에서 지내며 세상 신선한 횟감만 보다가 회색빛이 도는 정체불명의 회를 맞닥뜨렸으니 놀랄 만도 하다. 더군다나 홍어는, 다들 알다시피 쉽게 다가갈 수 없는 녀석이다. 너무나 강렬했던 첫 만남이 인상적이었던 걸까. 아니면 시간이 지나서 익숙해진 걸까. 홍어 향처럼 톡 쏘는 첫 만남 이후 아버지는 녀석과 급격하게 친해졌다. 덕분에 겨울마다 집에는 홍어나 과메기가 한 상자씩 배달된다.

살면서 처음 경험하는 모든 것들은 그 만남의 순간 우리를 떨게 만든다. 즐거움의 떨림일 수도, 낯선 느낌에 따르는 긴장일 수도 있다. 하지만 시간이 지나면 그 떨림은 아련한 주파수처럼 몸속에 남는다. 고기와의 만남도 마찬가지다. 익숙하지 않은 고기 한 점을 입속으로 집어넣던 어색함은 어느새 매혹적인 고기 냄새가 되어 우리의 뉴런에 밴다. 첫 고기에 대한 기억과 맛, 촉감이 온몸에 스며들어 단어만 들어도 생각나는 '아는 맛'이 되는 것이다.

## 2인분 먹을 건데요?

　　외국에 나가보니 국내에만 있을 때는 몰랐던 한국의 장점을 깨닫는 순간들이 찾아왔다. 배달과 택배 문화, 빠른 인터넷 속도도 빼놓을 수 없겠지만 먹부림을 좋아하는 나로서는 음식점이 많다는 게 역시 가장 끌리는 점이다. 확실히 한국에서는 다른 나라에 비해 음식점이 쉽게 눈에 띈다. 외국에서도 밥사 먹기 어렵지 않은데 무슨 말이냐고? 물론 식당이야 어느 나라에 가도 있지만 한국에서처럼 언제 어느 때고 편하게 외식하는 건 내 경험상으로 그리 쉬운 일이 아니었다.

　　유럽의 식당들은 점심과 저녁 사이에 브레이크 타임이 있고 한국처럼 밤늦게까지 운영하는 곳도 많지 않다. 밤 열 시가 되면 편의점에서 음식이나 주류를 구매하기도 어렵다. 식재료 구매도 오전 아홉 시에서 저녁 여덟 시 사이에 소화해야 해서 여간 힘든 게 아니다. 반면 한국은 음식의 종류도 다양한 데다 24시간 여는 가게가 많고 어느 지역을 가든 식당이 서너 개는 줄지어 서 있다. 김밥천국만 가도 뭘 먹을지 고민하는 데 시간이 걸리지, '어디 가서 먹어야 하나'를 가지고 고민하는 일은 드물다.

이렇게 음식에 관대하고 언제든 편히 외식할 수 있는 나라지만 식당 손님이라고 늘 환영만 받는 것은 아니다. 포장마차에서 혼술하는 여성, 패밀리 레스토랑에 혼자 가서 스테이크를 주문하는 사람, 마카롱 맛집에 혼자 방문해 시간을 보내는 남자는 때로 따가운 눈총을 받기도 한다. '혼자' 하기 힘든 일이 생각보다 많은 것이다. 그냥 안 되는 경우도 있고 눈치가보여 시도하기 어려울 때도 많다. 고기를 먹으러 가서도 비슷한 상황이 종종 발생한다. 혼자 가서 고기 1인분을 시킬 때가 그렇다.

얼마 전 인터넷 뉴스를 통해 1인 손님을 위한 칸막이 고깃집이 인기를 끌고 있다는 기사를 봤다. 혼자서 온전히 고기의 맛과 향을 즐길 수 있고 모든 쌈과 양념, 밥, 술이 1인분에 맞춰 준비된다고 한다. 너무 좋다. 하지만 대부분 이런 식당은 서울에서도 홍대, 합정, 상수에 몰려 있다. 내가 살았던 공릉동에는 없었다. 예전 공릉동엔 여느 평범한 동네들처럼 삼삼오오 짝지어온 손님들로 북적대는 고깃집이 줄지어 서 있을 뿐이다. 한참 기다렸다 들어갈 만큼 인기 있는 집이 아니더라도 고깃집에 혼자 가서 고기를 먹기란 여간 까다로운 일이 아니다.

처음 혼자 고기를 먹으러 갔을 때가 생각난다. 나름 '고독한 미식가'의 마음으로 고깃집 문을 열었다고 생각했지만 남이 보기에는 소심함과 고기를 영접할 기쁨이 반씩 섞인 어정쩡한 모습이었을 것이다. "몇 분이서 오셨어요?" 종업원의 물음에 "한 명이요"라 대답하곤 몇 초간 눈동자가 흔들렸다. 종업원은 잠시 생각하더니 자리를 안내해줬다. 그는 "저희가 2인분부터 주문이 가능한데 괜찮으시겠어요?"라고 물었고 나는 고민에 빠졌다. 술 한 잔과 고기 한 점을 너무 먹고 싶었지만 2인분은 자신이 없었다. 한참 고민한 끝에 "다음에 다시 올게요." 하곤 자리를 떴다. 그날 근처 맥줏집에서 맥주 500cc에 치킨을 먹었던 것으로 기억한다. 그리고 집에 돌아가는 길에 곰곰이 생각했다.

"이럴 거면 2인분 먹을 수 있었겠는데."

첫 시도가 실패로 끝나고 몇 달이 흐른 어느 날, 고기 신이 나를 찾아왔다. "오늘 고기를 먹도록 허하노라." 하는 신의 메시지를 받은 기분이었다. 퇴근길에 여러 식당이 눈에 띄었지만 왠지 끌리지 않았고 집 앞에 다 와서야 식당을 하나 골라 들어갔다. 물론 첫 시도에 들어갔던 고깃집과 다른 곳이었다. 환하게 웃으며 반겨주는 사장님에게 "혼자 왔는데 혹시 1인분 주문되나요?"라고 조심스레 물었다. "당연히 되죠." 사장님은 답했고 나는 안심했다.

쌈 채소와 소주, 소고기 1인분이 나왔다. 그날따라 소고기 빛깔은 석류알처럼 붉게 빛났고 잔으로 떨어지는 소주는 오르골 같은 영롱한 소리를 냈다. 술이 설탕물처럼 단 날이었다. 근심을 가라앉히는 "촤악~!" 소리와 함께 고기를 굽기 시작했다. 고기도 1인분, 소주도 한 병에, 먹는 나도 한 명, 퍼펙트한 삼위일체의 순간이었다. 생각보다 1인분은 적었고 고기 접시는 순식간에 깨끗이 비워졌다. 슬며시 올라가는 내 검지를 보고 사장님은 흐뭇한 미소를 지으며 말씀하셨다. "처음에 2인분 시키셨으면 서비스로 넉넉히 드렸을 텐데."

아, 역시 아직은 2인분의 시대인가! 혼술 손님을 거리낌 없이 받은 사장님이었지만 2인분에 대한 기대는 살아 있었던 모양이다. 어쨌든 그날 고기 2인분에 잔치국수까지 클리어하고 집으로 들어갔다. 이후 종종 혼자 고기를 먹긴 하지만 여전히 1인분만 시킬지, 2인분을 시킬지 고민이 된다. 그때마다 '어차피 2인분을 먹을 거라면 처음부터 시키자' 하고 생각한다. 나름 주문에 이골이 났다고 생각했건만 그날 튀어나온 사장님의 속마음을 보고 나서 나도 모르게 소심해진 것일까? 시간이 많을 때는 집에서 고기 판을 펼친다. 그건 그것대로 맛과 재미가 있다. 그래도 사람들 가득한 고깃집에서 혼자 고기에 집중하고 있는 느낌은 꽤 색달라, 종종 도전해 보고 싶어진다.

혼자 고기를 먹다가 다른 이의 시선이 신경 쓰일 때 쓸 만한 방법이 있다. 가급적이면 고기의 연속성을 위해 고기는 일정량을 한 번에 구워 놓도록 하자. (대신 한 템포에 한 번씩, 온기가 유지될 정도의 양만 구워 두고 다 먹으면 다시 굽는 것이 좋다.) 익은 고기가 쌓였다면 이제 귀에 이어폰을 꽂고 영화나 유튜브 영상을 켜자. 다른 이의 시선이 신경 쓰이는 건 우리도 타인의 시선을 바라보고 있기 때문이다. 눈을 다른 곳에 두고 귀를 막으면 오롯이 고기와 즐거운 분위기에만 집중할 수 있다. 혼자 고기를 먹는 일, 신경 쓰일 수 있지만 해볼 만한 일이다.

# 3 소문난 잔치에서 고기 먹기

흔히 '소문난 잔치에 먹을 거 없다'고들 하지만 잔치에는 생각보다 먹을 만한 고기가 많다. 특히 결혼식, 환갑 잔치, 돌 잔치 등 경사에 가면 대부분 뷔페가 준비되어 있는데 맛깔난 고기 요리는 결코 빠지지 않는다. 며칠 전에 대학 동창의 결혼 식에 갔다. 식단 조절을 하느라 사실상 1일 2식을 하고 있었지 만 그날만은 예외였다. 아침과 저녁을 굶는 대신 점심에 허리 띠를 풀기로 마음먹었다. 만찬을 앞에 두고도 먹지 않는다면 후회할 것 같았다.

우리나라에는 다양한 종류의 뷔페가 있다. 고기만 파는 고기 뷔페도 있고 여러 종류의 음식을 고루 준비해 둔 일반적인 형태의 뷔페도 있다. 외부에서 음식을 가지고 오는 케이터링 서비스도 있다. 치킨을 맘껏 먹을 생각으로 치킨 뷔페에 가본 적도 있다.

'고기의 민족'답게 일반 뷔페에도 각종 고기가 즐비하고 채소에 비하면 고기 요리의 비중이 압도적으로 높다. 잔치에는 고기가 있어야 한다는 생각은 예나 지금이나 똑같다. 어느 잔칫집에 가건 주메뉴는 거의 언제나 육류다. 뷔페에선 저마다 취향대로 음식을 담아 가지만 고기가 빠진 접시는 드물다. 일반 뷔페는 채식주의자들에게는 먹을 거 없는 지옥이요, 고기 먹는 사람들만 '골라 먹을' 수 있는 곳인지도 모르겠다.

선택의 자유 혹은 의무가 주어진 만큼 뷔페에선 음식을 먹는 순서도 사람마다 각양각색이다. 묵직한 고기 요리부터 가벼운 요리로 내려가는 사람도 있고 처음부터 먹고 싶은 모든 음식을 다 담는 사람도 있다. 면 요리, 밥 요리, 샐러드를 우선 퍼담는 이도 있다.

지난주 친구 결혼식도 피로연은 어김없이 뷔페로 준비돼 있었다. 축의금을 낸 만큼 소위 '뽕'을 뽑으려는 생각으로 전투적으로 먹던 시절도 있었지만 최근에는 맛있는 걸 적당한 양만 먹는 게 좋다. 친구들은 접시를 들고 자신이 좋아하는 코너로 향했다. 사람마다 차이가 있겠으나 나는 처음에는 양념이나 간이 약한 고기 요리부터 고르는 편이다. 비록 냉동이지만 회도 나쁘지 않고 약간의 초밥이나 채소를 곁들인 고기 요리도 첫 접시에 담기 좋다. 물론 샐러드를 함께 올려 속을 편하게 해주어도 좋다.

뷔페에는 맛있는 탄수화물 요리도 많지만 특별한 경우가 아니면 먹지 않는 편이다. 고기와 채소가 이렇게 즐비한데 굳이 탄수화물을 먹는다고? 물론 평소 맛보기 힘든 면 요리나 특이한 밥 요리가 있으면 먹고 싶을 때도 있지만 내게 0순위는 역시 고기다.

가벼운 고기로 워밍업을 했다면 그다음엔 굽거나 튀긴 고기 요리를 담으러 간다. 물론 한 번에 가득 담진 않는다. 여러 품목을 아주 조금씩 먹으면 다양한 음식을 맛볼 수 있는 반면 한 종류를 너무 많이 담으면 배가 불러 더 이상 먹을 수 없게 된다. 그리고 자주 움직여야 소화도 잘된다. 가급적이면 접시를 조금씩 채워 천천히 먹도록 하자. 앞자리에 있는 친구와 오랜만에 근황 얘기도 나누면서 말이다.

느끼한 음식을 중간에 먹는 건, 이어 가져올 양념이 센 음식이나 개운한 요리로 입안을 씻어내기 위함이다. 물론 개운한 음식 다음에 느끼한 음식을 먹어서 '진짜 고기 먹었구나' 하는 느낌을 만끽하는 방법도 있지만 개인적으로 깔끔한 마무리를 좋아하는 나는 이 방법을 애용한다. 다만 기름기가 지나치게 많은 요리라면 뒤로 미루는 게 낫다. 속이 쉽게 더부룩해져 다음 코스를 즐길 수 없게 될지도 모르기 때문이다.

두 접시를 클리어하면 배가 부르기 시작한다. 여기서 디저트를 먹을지, 아니면 마지막 고기를 맛볼지 결정해야 한다. 이성이 있거나 굳이 많이 먹는 티를 내지 않는 게 나은 자리라면 디저트나 음료로 마무리하는 게 깔끔하겠다. 하지만 고기로 대미를 장식하려 결심했다면 조금은 무게감 있는 고기 요리를 고르는 게 어떨까 싶다. 앞서 이야기했듯 '오늘 고기 좀 먹었구나' 하는 느낌으로 식사를 마무리하는 것도 나쁘진 않으니까.

깔끔한 입가심을 원했다면 시원한 국물 요리나 면 요리를 골랐겠지만 친구의 결혼식 날은 묵직한 고기의 느낌을 오래 가져가고 싶었다. 이날의 하이라이트 고기는 스테이크였다. 갈비, 등갈비, 떡갈비 등 각종 갈비 요리와 닭 요리, 돼지고기 등이 저마다 매력을 뽐내고 있었으나 그중 어느 것도 소고기 스테이크를 능가할 순 없었다. '누군가 소고기를 사준다면 무조건 따라가라', '세상에 대가 없는 소고기는 없다'라는 말도 있지 않은가. 고기 중의 고기는 역시 소고기인 것이다.

덩어리째 가져와 썰어 먹는 스테이크는 아니었지만 각종 채소를 곁들인, 군더더기 없이 잘 구워진 스테이크 조각은 최후의 접시로 손색이 없었다. 모든 채소는 스테이크와 함께 먹기 좋게 적당한 식감으로 구워져 있었다. 진열대 끝에는 다양한 소스도 마련돼 있었다. 스테이크를 먹기 좋게 담은 후 파스타, 피자 코너를 스쳐 지나갔다. 파스타와 피자도 좋아하지만 밀가루 나부랭이를 고기와 비교할 순 없다. 자리에 앉아 마지막 접시를 즐겼다. 재활 중이라 맥주나 와인을 함께 마실 수는 없었지만 좋은 고기가 있으니 음료수만으로도 맛을 즐기기에 충분했다. 배를 든든하게 채우자 딱히 디저트를 챙겨 먹고 싶은 마음이 사라졌다. 이미 기분 좋은 단백질로 몸을 채운 뒤라 졸음이 쏟아질 뿐이었다.

소문난 잔치에서 고기를 좀 더 맛깔나게 즐기기 위해서는 계획과 분배, 행동력이 필요하다. 당신의 뷔페에도 맛있는 고기가 함께하기를 기원한다.

# 4 고기의 소리를 찾아서

모든 물체는 저마다 고유의 성질을 갖고 있다. 불교에서는 모든 존재가 저마다 변하지 않는 본성을 갖고 있다는 뜻으로 '자성自性'이라는 용어를 사용한다.

마찬가지로 모든 물체는 자신의 특성에 따라 각기 다른 소리를 낸다. 이쯤 되면 무슨 얘기를 할지 다들 눈치챘을 것 같다. 맞다. 고기 굽는 소리다. 고기도 저마다 다른 성질을 가지며 서로 다른 소리를 낸다. '치익~', '쫘악~!' 하는 소리를 안 들어본 사람은 아마 없을 것이다. 사람을 설레게 하는 고기의 소리에는 굽는 소리 말고도 여러 가지가 있다. 고기나 회를 자를 때 나는 소리, 찜, 탕, 전골 등 각종 끓이는 요리에서 나는 소리도 우리의 귀와 위를 자극한다.

> 샴페인 뚜껑이 펑 하고 날아가는 소리는 무서워서 싫지
> 만 잔에 따라진 샴페인에서 기포가 보글대며 힘차게 움
> 직이는 소리는 좋다. 축구한 후 다급하게 맥주 캔 따는
> 소리는 그렇게 경쾌할 수 없고, 단숨에 들이켜지는 맥주
> 가 목울대를 넘어가는 소리는 그렇게 호쾌할 수가 없다.
>
> – 김혼비, 『아무튼, 술』, 제철소, 2019.

재밌게 읽은 김혼비 작가의 책 『아무튼, 술』에 나오는 대목이다. 술의 영혼의 파트너라 할 수 있는 고기도 마찬가지다. 눈으로 보는 즐거움만큼이나 귀로 다가오는 자극도 입안에 침을 고이게 만든다. 이미 알고 있는 맛이 무섭듯, 익히 들어온 소리가 우리를 들썩이게 한다.

우리는 가끔 고기를 '굽는 것'과 '익히는 것'을 혼동하곤 한다. 그 차이는 소리에서부터 느껴진다. '치익~' 혹은 '좌악~' 하는 소리가 난다면 제대로 굽고 있다는 증거다. 특히 육고기를 조리할 때 나는 소리는 음식의 맛을 좌우할 정도로 중요하다. 고기의 종류에 따라 굽기에 알맞은 온도와 시간은 모두 다

르지만, 불판과 고기가 만나는 순간 이런 소리가 나야 한다는 사실은 달라지지 않는다. 불판을 충분히 달궜다면 반드시 나는 소리니까. 고기를 구우려고 했는데 사실은 익히고 있을 뿐이라면, 그처럼 슬픈 일도 없을 것이다. '치익~' 소리는 내가 제대로 '굽고' 있는지를 확인해 주는 고마운 존재다.

한 면을 익히고 나면 고기를 뒤집는다. 뒤집을 때는 처음보다 소리가 작게 난다. 사람의 손이 닿아 더 이상 날 것 그대로의 생고기가 아니기 때문일까? 붉은빛을 띠던 육고기는 점차 흰색, 노스름한 색으로 변하며 불판 끝으로 향한다.

육고기의 대표적인 소리가 굽는 소리라면, 생선을 먹을 때 인상 깊은 소리는 단연 회를 뜨는 소리와 탕을 끓이는 소리다. 육고기, 물고기 모두 뼈와 살점, 내장 등을 손질하고 해체하는 과정을 겪지만 생선을 먹을 때는 유독 그 과정을 자세히 보게 된다. 일반적으로 돼지나 소를 정형하는 과정을 일반인들이 보긴 힘들다. 반면 횟집에서는 그 자리에서 회를 뜨는 조리장의 모습을 심심치 않게 볼 수 있다. 참치집에서는 참치 해체 과정을 보여주며 손님에게 음식을 제공하기도 한다.

회를 뜰 때 나는 특유의 소리가 좋다. 살점과 살점 사이를 지나가는 칼질 소리는 회를 기다리는 사람의 마음을 흔들기에 충분하다. 횟감은 소리가 나는 듯 마는 듯 '슥' 하며 잘리기도 하고, '서걱서걱' 소리를 내기도 한다. 어떤 소리가 됐든, 완전체였던 생선은 제각기 분해되어 전혀 다른 무언가로 변한다. 흰색부터 선홍색까지, 각자 다른 빛을 내는 생선 조각들이 널따란 그릇에 올려지면 모두 젓가락을 집는다.

회를 먹은 후엔 탕 끓이는 소리가 난다. 횟집에서는 회를 뜨고 남은 머리와 생선 뼈를 이용해 탕이나 전골을 끓인다. '보글보글' 소리가 익숙하겠지만, 생선을 통째로 넣고 국물 요리를 하면 조금 다른 소리가 난다. 양념이 잘 밴 생선을 각종 채소와 함께 육수에 넣어 조리할 때는 달아오른 냄비 사이사이로 기포가 올라온다. 기포는 생선과 무, 감자, 대파 등 냄비 속 구성원들을 비집고 나오면서 '뽀글뽀글' 소리를 낸다. 마치 "안녕, 이제 먹어도 돼."라고 인사하는 듯하다. 그 소리가 들리면 사람들은 회를 집기 위해 들었던 젓가락을 내려놓고 숟가락을 잡는다.

'눈과 귀를 사로잡았다'라는 표현이 있다. 우리는 갓 나온 고기의 모습, 구워지며 변해가는 모습, 다 조리된 후의 모습을 보며 입맛을 다신다. 하지만 시각적 자극만으로는 무언가 충분치 않다. 고기를 굽건 익히건 탕을 끓이건 간에, 조리 과정에 따라 자연스레 나는 소리까지 느껴야 한다. 파블로프의 개처럼, 우리 역시 소리가 나는 순간 고기를 받아들일 준비를 하는 건지도 모르겠다.

# 굽부심

사람은 살면서 많은 친구를 만난다. 다양한 친구 가운데 곁에 두면 좋은 유형이 몇 있다. 성격이 잘 맞고 착한 친구, 돈이 많지만 허세 부리지 않는 친구, 조금 까다롭지만 깐깐한 입맛 덕에 맛집을 많이 아는 친구, 소소한 것까지 잘 챙겨주는 친구 등등. 그중에서도 고기 먹을 때 곁에 두면 좋은 친구는 단연 고기 잘 굽는 친구다. 결국 내 이야기다. 나는 고기 굽는 나름의 노하우가 있어 손에서 집게를 잘 놓지 않는 편이다.

예전에 회사를 다닐 적에 회식 때 있었던 일이다. 회식의 가장 흔한 메뉴인 삼겹살이 그날의 테이블에 올랐다. 사장님은 "맘껏 드세요, 모자라면 더 시키고."라며 웃었다. "(내가 소고기는 못 사줘도) 돼지고기는 무한 리필 가능하다."라는 허세를 부리기도 했다. 옆에 있던 동기는 나만 들리는 작은 목소리로 "그럴 거면 소고기를 사주시지." 하며 투덜거렸다.

그러거나 말거나 식탁마다 삼겹살이 도착했고, 각 테이블의 고기 좀 굽는다는 사람들이 집게와 가위를 집어 들었다. 그날따라 고기가 썩 당기지 않았던 나는 '맛있게 구워줘야지' 생각하며 집게로 손을 뻗었다. 그 순간이었다. 한쪽 입꼬리를 올린 후배 하나가 눈앞에서 집게를 낚아챈 것은 조금 당황스러웠지만 자신 있으니 가져갔겠지, 하며 그의 실력을 지켜보기로 했다.

후배 C는 말재간이 좋은 친구다. 그는 테이블에 있던 모든 사람의 대화를 내내 주도하며 고기를 구웠다. 잘 달궈진 불판에서 고기는 하나둘 익어갔고, 대화도 무르익었다. 그 순간 좀만 더 놔두면 탈 것 같은 애처로운 모습의 삼겹살 한 점이 눈에 띄었다. 후배의 이야기보다 완벽한 고기가 중요했던 나는 "C 씨, 태우면 안 되지. 집게 줘봐요."라고 핀잔을 줬고, 그는 "한눈팔다가 깜박했네요." 하며 너스레를 떨었다. 다행히 그 고기는 구했으나, 후배가 구운 고기는 전반적으로 오버쿡 된 느낌이었다. 돼지고기는 소고기보다 조금 더 오래, 노릇노릇 구워야 하는 건 맞지만 어느 정도를 지나치면 고기가 타거나 튀김처럼 너무 바삭해진다. 그 간극을 잘 조절하는 게 바로 '구버'의 실력이다. 구버가 뭐냐고? 내가 만든 말이다. 그냥 굽는 사람(굽+er)이라는 뜻이고.

C가 화장실에 다녀오는 사이 고기 3인분이 채워졌다. '이제 내 차례인가.' 마음을 다잡으며 가위와 집게로 무장했다. 흰색에서 노르스름한 색으로 넘어가는 그 타이밍에 뒤집고, 양면을 알맞게 구운 후 테이블의 모두에게 고기를 분배했다. 화장실에서 돌아온 C는 내가 구워낸 결과물을 잠시 바라보고는 아까 핀잔을 준 이유를 알겠다는 듯 고개를 끄덕였다.

고기를 좀 굽는 편이긴 하지만 물론 요리사에 미치지는 못한다. 그렇다면 요리를 잘하는 사람이 고기도 잘 굽는 걸까? 꼭 그런 건 아니다. 진정한 '구버'가 되기 위해 필요한 요건은 구워지는 정도에 따라 고기의 성질이 어떻게 변하는지, 고기마다 어떤 특성을 지니고 있는지 잘 이해하는 것이 아닐까 싶다.

소고기나 대패 삼겹살은 열전도율이 높아 쉽게 익는다. 반면 돼지고기는 소고기보다 좀 더 시간이 소요된다. 일반적으로 껍질이 함께 나오는 닭고기나 오리고기는 껍질에 유의해서 조리해야 한다. 특히 오리고기를 구이 형태로 먹을 때는 끊임없이 뒤적이지 않으면 그릴에 고기가 금세 눌어붙어 버린다. 양념한 고기는 양념 없는 고기를 먹은 후 구워야 그릴을 덜 바꾸게 된다. 그리고 모든 고기는 불판을 충분히 데운 후 올려야 한다. 익히는 게 아니라 '촤악~!' 소리와 함께 '굽는' 게 포인트라는 건 이미 다들 잘 알고 있을 것이다.

　기왕 먹을 거라면 맛있게 먹는 게 고기에 대한 예의라고 생각한다. 굽는 나도, 함께 먹는 상대도 즐거워야 진정한 고기 먹부림이 아닐까?

# 6
## 정육점에 고기가 없다?!?

　　나는 고기 요리를 두루 좋아하지만 그중에서도 순대를
특히 좋아한다. 통통한 창자에 고기, 선지, 채소, 당면 등등이
꽉 차 있어 보기만 해도 든든하다. 재료나 만드는 방법에 따라
그 이름도 맛도 천차만별이다.

　　다양하다는 점 외에 내가 순대를 좋아하는 또 다른 이유
는 고기를 최대치로 활용한 음식이기 때문이다. 보다 정확히는
보통 버려지거나 활용하기 힘든 부분을 창의적인 발상을 통해
맛있는 음식으로 재탄생시킨 예라고 하겠다. 내장 속에 또 다
른 고기 부위와 채소를 넣고 쪄, 맛은 물론 보관도 쉽게 만들었
다. 다시 생각해 봐도 찬양할 만하다. 음식물 쓰레기가 넘치는

시대, 버리는 고기가 그 어느 때보다 많은 이때 귀감으로 삼아야 할 요리임이 분명하다.

잠깐. 버리는 고기가 많다고??? 고기라면 사족을 못 쓰는 입장에서, 고기를 버린다는 건 그야말로 충격적인 행위다. 사실 버린다고 해서 고기가 꼭 쓰레기통으로 들어가는 것은 아니다. 사람들이 선호하지 않아 잘 유통되지 않는 부위는 식용이 아닌 다른 용도로 활용되거나 특이한 요리의 재료 혹은 육식·잡식 반려동물의 사료로 쓰이기도 한다.

전문 정형사는 소나 돼지를 도축할 때 부위별로 고기와 뼈를 나누고 발골한다. 국가마다 선호 부위가 다르고 그에 따른 수요도 천차만별이어서 발골할 때 세심한 주의가 요구된다. 무슨 요리에 들어가는지, 그 문화권에서 어떤 부위를 좋아하는지에 따라 컷의 크기와 모양이 조금씩 달라지기도 한다. 분명한 건 발골 과정에서 바로 버려지는 고기는 많지 않다는 점이다. 특히 한국에서는 뼈까지 곰탕으로 고아 먹으니, 고기를 버린다는 건 상상하기 힘든 일이다. 그러나 이처럼 뼈에서 떨어져 나온 후 우리의 식탁까지 도달하지 못하는 부위는 꽤 있었다.

이런저런 방송을 통해 고기의 정형 과정을 본 나는 비선호 부위는 가격이 싸다는 사실을 알게 됐다. 고기가 싸다니, 고기 덕후에겐 흥분되는 일이었다. 문제는 '어디서 사느냐'였다. 마트 정육 코너에서는 선호도 높은 부위만 선별해 판매하고 있으니 비선호 부위를 구하기는 어려울 것 같았다. 그래서 정육점으로 향했다. 식욕을 자극하는 붉은 조명 아래서 선홍빛 고기들이 손님을 반겼다. 돼지고기, 소고기가 부위별로 냉장고를 가득 채우고 있었다. 삼겹살, 목살, 뒷다릿살(후지), 앞다릿살(전지), 등심, 안심 등이 눈에 띄었다. 모두 잘 팔리는 선호 부위였고, 그 외의 다른 부위는 찾기 힘들었다. 선호 부위도 저마다 진열된 양이 조금씩 달랐다. 불티나게 팔리는 삼겹살, 목살은 정육점 선반의 반 이상을 차지하고 있었지만 다른 부위는 한 귀퉁이에 존재감 없이 놓여 있을 뿐이었다. 사정이 이렇다 보니 웬만큼 규모가 있는 정육점이 아니고서야 특수 부위나 비선호 부위를 구하기가 힘들었다.

그날도 돼지 안심을 구하러 간 거였는데, 사장님은 근처 돈가스집에 납품할 양밖에 남지 않았다고 했다. 돼지 안심은 다른 부위에 비해 지방이 그리 많지도, 그렇다고 너무 적지도 않아 구워 먹기에 딱 좋은 부위다. 하지만 우리나라에서는 돈가스 외에 돼지 안심을 사용하는 일이 그리 많지 않으니, 일반 정육점에서 대량으로 들여놓는 경우는 드물다. 소고기도 비슷하다. 소고기 등심, 갈비, 안심 등은 사람들이 선호하는 부위라 쉽게 찾을 수 있지만 다른 부위는 파는 가게를 찾기 힘들다. 식단 조절을 할 때 가끔 소 우둔살을 구워 먹곤 했는데, 미리 전화하지 않으면 덩어리째 구하기 어려웠던 기억이다.

육고기도 구하기가 천양지차인데 내장이나 특수 부위는 오죽할까. 우시장이나 돈시장이 아니라면 일반 정육점에서 소, 돼지의 내장을 구하기란 하늘의 별 따기다. 찾는 사람도 없는데다 보관도 까다롭다. 한국처럼 부위별 선호도가 크게 차이 나는 나라에서 잘 팔리지 않는 부위를 놔둔다는 건 그대로 썩히겠다는 뜻과 다를 바 없다.

한 친구가 이 글을 쓰는 나를 보며 물었다. "그래서, 더 많이 먹어야 한다는 말이야?" 음, 그렇게도 들릴 수 있겠구나, 생각하며 친구에게 답했다. "노노노. 버리는 고기가 있다는 건 미니멀리즘에 어긋나는 거니까." 친구의 동공은 꽤나 흔들렸고 당최 무슨 이야기인지 이해할 수 없다는 표정이 그의 얼굴에 떠올랐다. 확실히 최근 트렌드는 웰빙과 채식이다. '고기'라는 고리타분하면서 폭력적으로 느껴지는 주제로 글을 쓰는 나 자신을 보며, 가끔 시대에 뒤처진 게 아닌가 하는 생각이 들 때도 있다. 그럼에도 잡식성으로 살아온 인간이 모두 완벽하게 고기를 포기할 수 없으리라는 사실 역시 잘 알고 있다.

〈옥자〉를 보고 일주일도 채 되지 않아 삼겹살을 맛있게 먹은 사람이 할 얘기는 아니지만, 폭력적이고 지극히 소비 지향적인 육식 문화가 바뀌어야 한다는 주장에 공감한다. 공장식 축산과 도축이 전 세계로 확산하면서 고기는 먹는 부위와 먹지 않는 부위로, 가축 역시 쓸모없는 가축과 쓸모 있는(가공할 가치가 있는) 가축으로 구분되기 시작했다. 공장식 도축이 시장경제와 만나자, 버리는 고기가 늘어났다. 과거에는 마을에서 소 한 마리, 돼지 한 마리를 잡으면 그날은 축제였다. 식용으로 도저히 쓸 수 없는 것을 제외하고는 대부분의 부위가 음식으로 조리되었다. 과거의 미덕이자, 절약하는 육식 생활의 증거였다.

하지만 지금 우리는 이미 공장에서 잘리고 남은 살덩어리만 볼 수 있다. 애초에 이 부위가 동물의 어디에 붙어있던 건지, 고기를 내어준 소, 돼지는 어떻게 생겨 먹은 녀석인지 모른 채 고기를 먹을 때가 허다하다. 이렇게 고기는 잘 팔리는 한두 부위를 생산하기 위해 나머지를 버리는 맥시멀리즘적인 판매·

소비 행태를 보이고 있다. 하루에 수십만, 수백만 마리의 소, 돼지가 눈물을 머금고 도축장으로 끌려가는데 뱃살만 툭 썰어 낸 후 버린다면… 그만큼 비윤리적인 과소비가 또 어디 있을까, 하는 생각이 든다. 약재로 쓸 코뿔소 뿔 하나를 얻기 위해 수백 마리 코뿔소를 사냥하는 밀렵꾼과 다를 바가 없다.

고기를 먹지 말자는 건 아니다. 나 역시 이 글을 마치고 나면 틀림없이 고기를 먹으러 갈 것이다. 다만 고기를 생산하는 이나 소비하는 사람 모두 낭비하는 부위를 줄이려고 노력해 보면 어떨까 싶다.

아일랜드와 프랑스에서 정육점에 들른 적이 있다. 거의 모든 부위를 다 걸어두고 판매하는 모습이 이채로웠다. 내장과 그를 활용한 소시지는 물론, 뼈와 각종 부산물도 팔고 있었다. 생산량이 적으면 적은 대로, 많으면 많은 대로 파는 그 모습이 좋았다. 잘 몰랐던, 먹지 않았던 부위를 먹어보는 경험도 새로운 고기를 만나는 일만큼 특별하지 않을까? 오늘 내가 먹은 특수 부위가 쓸데없는 도축을 줄일 수 있다고 생각한다면 말이다.

# 마지막 고기 한 점, 누가 먹어야 하나

　　혼술을 마시듯이 혼자 고기를 먹으면 내가 먹고 싶은 고기를, 먹고 싶은 양만큼 맞춰서 먹을 수 있다. 그게 돼지고기든, 소고기든, 닭고기든 상관없다. 고기 좀 먹어봤다는 사람이라면 내가 어떤 고기를 먹을 때 얼마큼 먹는지 정도는 다 알고 있을 것이다. 삼겹살은 2인분 먹지만 닭고기는 반 마리를 먹을 수도 있고, 소고기라면 3인분은 먹지만 돼지고기는 싫어할 수도 있는 법이니까. 어찌 됐든 혼자 먹으면 사람에 따라 고기를 남길 수는 있어도, 고기가 모자라는 사태는 드물게 발생한다. 반면 다른 사람과 먹을 때면 여러 가지 문제가 생긴다. 그 가운데 가장 큰 딜레마는 역시 '마지막 고기 한 점'에 관한 것이다.

한창 고기에 대한 욕심이 바짝 올랐던 때의 나는 단 한 점도 놓치지 않았다. 좋게 말하면 의욕이 넘쳤고 나쁘게 말하면 고기 못 먹어 죽은 귀신이 붙은 것처럼 먹어댔다. 그 시절엔 단 한 순간도 익어가는 고기에서 눈을 떼지 않았고, 고기가 완벽하게 익었을 무렵 불판을 향해 거침없이 젓가락을 던졌다. 물론 젓가락에는 목표물이 그대로 들려오곤 했다. 하지만 최근엔 '한 점 덜 먹고 말지' 생각하며 다른 이에게 양보하는 편이다. 다른 사람들의 눈에는 아직도 고기 욕심이 많은 것처럼 보일 테지만 내 나름으로는 절제하는 중이다.

마지막 고기 한 점에 대한 딜레마는 달리 보면 분배의 문제이기도 하다. 펼쳐진 불판과 놓인 고기, 그리고 이를 기다리는 사람들. 우리는 고기를 최대한 공평하고 적절하게 나눠야만 한다. 한창 먹고 있을 때는 크게 문제가 되지 않는다. 알아서 먹을 만큼 가져가고 또 굽거나 자기가 먹을 고기를 고른다. 문제는 끝에 가서 나타난다.

마지막 한 점 또는 마지막 1인분이 남았을 때, 누가 이 고기를 차지하는 것이 옳은가? 우선 이번 판의 고기에 가장 지분이 많은 사람이 먹는 방법이 있다. 고기를 직접 구워 먹는 경우엔 불판을 책임진 사람에게, 그렇지 않고 완전히 조리된 고기가 나온 경우엔 돈을 내는 사람에게 양보하는 것이다. 상속 제도의 기여분과 비슷한 방식이라고 생각하면 되겠다. 기여분은 공동으로 상속을 받는 경우 피상속인―일반적으로 부모―을 모시거나 간병을 하고, 투자를 돕는 등의 행위로 재산의 유지와 증가에 기여한 상속인에게 상속되는 재산의 분량을 더해주는 제도다. 그러니까, 고기가 조리되어 나오는 과정에서 물심양면으로 기여한 사람에게 한 점을 더 주자는 말이다.

하나의 목표를 향해 공동으로 작업하면서 더 많은 영향을 준 사람이 그 결실을 더 가져가는 건 일견 당연하게 느껴진다. 돈을 내는 사람도 마찬가지다. 더치페이를 하지 않고 누군가가 '쏜다'면 그 자리를 있게 한 사람에게 마지막 한 점을 양보하는 것도 예의상 맞는 이치 같다. 이런 방식은 자본을 더 가진이, 더 많은 투자를 한 사람이 조금이라도 더 가져가는 자유시장 경쟁 시스템에도 부합한다.

자유시장 경쟁 체제를 선택한 우리나라지만 역대 정부의 경제 정책 방향을 보면 북유럽식 사민주의를 따라가고 있다. 잘 알려져 있다시피 복지를 강조하는 이 시스템에서 강조

되는 부분은 '경쟁에서 배제된 약자에 대한 배려'다.

　　고기를 먹을 때도 누군가는 거침없이 많이 먹고 누군가는 상대적으로 적게 먹는다. 각기 다른 식욕을 배제하고 기회의 관점에서 봤을 때 비슷한 돈을 냈는데도 불구하고 많이 먹는 자와 적게 먹는 자로 나뉘는 것이다. 누가 봐도 불공평한 상황이다. 이때 마지막 한 점이 남았다면 누가 가져가는 게 옳을까? 양측 모두 마지막 한 점을 먹고 싶어 한다는 전제하에 말이다. 물론 닭 한 마리, 삼겹살 1인분을 더 시키는 게 가장 좋은 방법이긴 하다.

　　졸업 후 오랜만에 대학 선후배를 만난 적이 있다. 만만한 삼겹살에 소주를 먹자는 데 모두의 의견이 모였다. 여덟 명이 두 테이블로 나눠 앉아 고기를 먹었다. 특별한 경우가 아니면 나보다 고기를 잘 굽는 이가 없어 자주 집게를 잡지만, 그날은 고기 굽는 데 이골이 난 선배가 앉자마자 집게를 잡기에 조용히 받아먹기로 했다. 선배는 고기를 딱 한 번만 뒤집는 기술을 선보이며 앞뒤가 똑같이 노릇노릇 구워진 삼겹살을 우리 앞에 펼쳐놓았다. 그리고 내 옆에 있던 후배 녀석은 고기가 구워지기 무섭게 자기 입으로 가져갔다. 사실상 선배와 후배 녀석의 싸움이었다. 결국 굽는 자가 먹는 자의 속도를 당해내지 못했고 선배는 사자후를 날렸다.

"그만 처먹어. 그럴 거면 혼자 테이블 잡고 먹든지."

사람들은 먹는 걸로 뭐 그렇게 서운하게 말하냐며 선배를 조금 나무랐지만, 나는 선배 말이 맞다고 생각했다. 굽지 않고 먹기만 하던 나 역시 조금밖에 못 먹었을 정도였고, 고기를 굽던 선배는 내가 처음 준 쌈 말고는 한 점도 먹지 못했기 때문이다. 선배가 나서서 집게를 잡긴 했지만 그 역시 고기를 먹으려고 온 사람이다. 그에게 고기가 한 점밖에 돌아가지 못한 건 재화가 제대로 분배되지 않은 결과다.

마지막 한 점의 향방에 이를 반영하는 것이 바로 두 번째 방식이다. 재화가 한쪽으로 쏠리면 독점과 같은 부작용을 초래하니 적절한 배분은 필수적이다. 이때 상대적으로 덜먹은 사람, 단백질을 더 필요로 하는 허약한 사람, 노약자에게 고기를 양보해 불판의 정의를 확립하는 것이다. 온도가 일정하게 유지되어야 고기가 잘 구워지는 이치처럼 적정량의 고기를 모두에게 공급하려는 의지가 돋보이는 방법이다.

끝으로 그냥 더 먹고 싶은 사람에게 주는 방법이 있다. 간단하다. "하나 남았는데 누가 먹을래요?"라고 외치면 먹고 싶은 사람이 젓가락을 집어 든다. '문제가 해결됐으니 끝난 거 아닌가'라고 생각할 수 있다. 그러나 앞서 설명한 모든 경우의 수와 함께 우리가 한 번쯤 생각해봐야 할 게 있다. 마지막 남은 고기를 배분하는 데 사람의 도덕적 의지는 개입할 여지가 없느냐 하는 문제다. 무슨 소리냐고? 쉽게 말하면 양보하는 사람이 있기 때문에 먹는 사람도 있다는 말이다.

　모두가 고기를 배불리 먹는다면 마지막에 한 점이 남든 두 점이 남든 문제가 되지 않는다. 어차피 남길 게 뻔하기 때문이다. 반면 뭔가 아쉬움이 들게 먹었다면 누구나 그 한 점이 눈에 아른거리게 마련이다. 그 순간 마지막 한 점을 먹고 싶은 두 사람이 눈을 마주쳤다. 경쟁이 시작된 것이다. 이런 상황에서 누군가는 여러 생각을 하며 양보를 할 수도 있다. 어떤 사회를 진정으로 풍요롭게 하는 건 제도적·법적 장치가 아닌 구성원들의 의식과 행동이다. 고기 먹부림도 예외는 아니다. 아름다운 고기의 양도를 통해, 우리는 스스로의 욕구를 억누르고 타인에게 양보하려는 고운 심성과 의지를 본다. 마지막 한 점을 양도받은 이는 기꺼이, 그리고 감사히 고기를 맛보게 된다.

　나로 말할 것 같으면 예전에 한 지인의 얘기를 듣고서 식사에 대한 욕심을 버리게 됐다. 그는 말했다. "내일 당장 무슨 일이 생길진 모르지만 우리는 '내일 짜장면을 먹어야지'라고 생각할 여유를 갖고 살아야 돼. 마치 오늘이 마지막인 것처럼 짬짜면을 먹지 말고."

요즘에는 식사를 하거나 고기를 먹을 때 지금 이 순간과 함께 다음을 떠올린다. 오늘 조금 부족하게 느꼈더라도 다음번을 생각하면 욕심이 사라진다. 오늘 먹을 고기가 생애 최후의 고기라는 마음으로 치열하게 사는 것도 중요하지만 언젠가 다시 맛보게 될 고기를 생각하며 여유롭게 사는 것도 나쁘지 않은 듯하다. 고기는 언제 먹어도 맛있으니까.

# 8
## 쌈 싸 먹어!

"쌈 싸 먹어!"

학창 시절에 친구들은 서양에서 가운뎃손가락을 내듯이 손을 쌈 모양으로 한 채 내게 장난을 치며 말했다. 다른 친구들은 그 말을 들으면 기분 나빠했지만 난 기분이 나쁘지 않았다. 쌈을 좋아했기 때문이다. '뭐 맛있는 거 준다는데' 생각하며 아무렇지 않게 넘겼다.

어릴 적엔 유독 쌈을 싸 먹었다. 사촌 형제들이 처음 쌈을 먹는 걸 본 이후부터였다. 쌈을 왜 좋아했을까? 아마도 상추나 배추, 깻잎을 손에 얹고 고기와 밥, 양념과 마늘, 양파와 같은 향신채를 놓으면 그 하나로 다채로운 맛을 느낄 수 있었기 때문이었을 것이다. 게다가 어른들이 흔히 그렇게 먹곤 하니 그게 고기를 먹는 가장 완벽한 방법처럼 보이기도 했다.

대학에 입학한 후로는 한동안 쌈을 먹지 않았다. 물론 쌈밥은 별미였지만 고기나 회를 먹게 되면 쌈을 싸기보다 고기 본연의 맛을 느끼고 싶어 양념에 곧장 찍어 먹었다. 고기의 쫀득함과 육향을 그대로 느낄 수 있는, 나름대로 매력이 있는 방법이었다. 그렇게 수년을 먹다 보니 '고기 본연의 맛'이 아니라 양념 맛으로 먹고 있다는 생각이 들었다. 그리고 지금은 다시 쌈을 싸 먹는다. 무슨 전개가 그러냐고 물을 수도 있겠다. 결국 쌈은 죄가 없다는 말을 하고 싶었다. 싸 먹건 그냥 먹건 각자의 자유다.

예전에 한 요리 프로그램에서 쌈에 대한 이야기를 들었다. 패널들과 쌈을 먹던 요리 연구가는 쌈을 가리켜 다음과 같이 말했다.

"삼겹살과 생선회는 같은 음식이라는 말이 있어요. 모두 쌈을 싸 먹기 때문이죠."

흠, 듣고 보니 그럴듯하다. 그는 이어 쌈이 음식의 맛을 잘 못 느끼도록 하며 분별력을 없앤다고 주장했다. 매번 음식 본연의 맛이 중요하다고 말씀하시는 분이니 충분히 이해할 수 있었다. 하긴 쌈으로 겉을 감싸면 가장 먼저 느껴지는 맛은 상추의 풀 맛이다. 그래도 나는 쌈이 좋다. 그런데 그분이 "내 말을 이해한다면서 왜 쌈을 좋아하죠?"라고 하면 뭐라고 답해야 할까.

이런저런 생각 끝에 '쌈은 언제부터 먹었을까'라는 질문에 닿았다. 쌈의 유래와 그 시기에 대한 내용은 책마다 조금씩 달랐다. 어떤 책에는 삼국시대부터, 다른 책에는 원나라의 지배를 받던 고려 말부터라고 나온다. 그 시작이 정확히 언제든 간에 오래된 우리의 식습관인 건 분명하다. 원나라 사람 양윤부는 『원궁사元宮詞』에서 "해당화는 꽃이 붉어 좋고 살구는 누레서 보기 좋구나, 더 좋은 것은 고려의 상추로서 마고의 향기보다 그윽하구려."라며 고려 상추의 질이 좋다고 쓴 바 있다. 당시 원나라로 끌려갔던 고려 궁녀들은 상추쌈을 먹으며 향수를 달랬다고 한다. 향수를 달랠 수 있을 정도의 음식이었다니, 쌈은 예부터 보편적인 우리의 음식이자 먹는 방식이었음이 분명하다.

하지만 과거의 쌈은 상추나 깻잎 같은 푸성귀에 쌀밥이나 보리밥, 양념을 더해 먹는 형태가 일반적이었다. 고기는 귀해서 넣는 일이 드물었고, 가끔 양반집에서 소나 돼지를 잡으면 보쌈의 형태로 먹곤 했다. 따지고 보면 쌈 속에 들어있는 재료가 가장 중요한 법인데 왜 그렇게 싸맸을까? 『동국세시기東國歲時記』에 의하면 대보름날 나물 잎에 밥을 싸서 먹으며 이를 '복쌈'이라 불렀다고 한다. 복주머니 속에 담긴 선물처럼 귀한 무언가를 꺼내 보는 느낌, 선물을 간직하고 싶은 마음이 담긴 건 아닐까 싶다. 질문 하나가 해결됐다.

그런데 '본연의 맛을 잘 느낄 수 없다'는 의견에는 뭐라고 답을 해야 할까? 쌈은 밥, 고기, 보쌈김치 본연의 맛을 다른 것으로 덮어버리는 형태다. 채소로 감싸기도 하고 양념장의 풍미로 덮어버리기도 한다. 재료 본연의 맛은 어디 갔냐는 말에 딱히 반박할 생각은 없다. 다만 여러 재료를 넣어 하나의 쌈으로 먹으면서 쌈만의 새로운 맛이 생겨났다고 말하고 싶다. 이렇게 많은 사람이 쌈이 맛있다고 생각하며 먹는데, 이걸 단순히 착각이라고 치부하기엔 무리가 있다. 집단 최면이라고? 양념과 속 재료, 쌈 재료가 조화를 이루면서 어디 하나에 치우치지 않는 이 맛을 진심으로 부정할 수 있을까? 쌈이 이도 저도 아니라면 비빔밥도 이것저것 다 때려 넣어 섞은 잡탕에 지나지 않게 된다.

속 재료를 다른 재료로 싸 먹는 건 여러 문화권의 음식에서 나타나는 형태다. 조금 생각의 범위를 넓혀 본다면 햄버거나 샌드위치, 파니니 모두 여러 식재료를 빵에 싸 먹는 음식이다. 만두 역시 쌈과 마찬가지로 고기를 싸서 먹는 요리다. 쌈 때문에 고기 본연의 맛을 느낄 수 없다면 만두소를 만두피로 감싸 먹는 만두야말로 밀가루 맛밖에 나지 않아야 할 것이다. 그러나 우리는 만두를 별미로, 때론 식사로 여기며 그 자체를 재료 혹은 요리로 활용하고 있다.

조상들은 복을 받고 싶어서뿐 아니라 건강상 이유로 쌈을 먹었을 수도 있다. 고기가 부족했던 시기에 마치 고기를 먹는 듯한 느낌을 주려고 쌈을 먹었다는 주장도 있다. 만두나 쌈 모두 음식이 모자랐던 시절, 마치 만찬을 먹듯이 한 번에 여러 재료를 먹을 수 있도록 고안된 방법일 것도 같다. 눈 가리고 아웅이라 할 수도 있겠지만 모든 음식이 풍요로운 상태에서 탄생한 건 아니니 나름의 자구책 정도로 봐도 되지 않을까. 그런데 그 자구책이 기대 이상으로 맛이 좋으니 이 또한 좋지 아니한가.

재료를 감싸서 먹는 많은 형태의 음식이 21세기를 사는 현대인에겐 더 중요한 영향을 끼칠 듯하다. 우리는 영양 과잉의 시대에 살고 있다지만 일부 영양소는 부족하다. 과거에는 단백질이 부족한 식단이 많았으나 지금은 비타민, 무기질 등 채소에서 얻을 수 있는 영양소가 모자란 식단이 일상화되었다. 하지만 진득이 몇 시간씩 밥을 먹기에는, 매 끼니를 건강한 슬로푸드로 챙겨 먹기에는 시간이 부족하다. 하나의 음식으로 여러 재료를 싸 먹을 수 있는 쌈은 그 대안이 되지 않을까?

글을 쓰면서 자꾸 쌈 싸 먹는 모습이 떠올랐다. 쌈 하나마다 복 한 덩이가 들어온다고 생각하니 기분도 좋다. 오늘 저녁은 쌈밥이다!

# Chapter 2

# 당신이 집은 고기 한 점의 철학

# 고기 속 허세 한 움큼

　　나와 띠동갑인 막내 이모네 사촌 동생 두 녀석은 유독 고기를 좋아한다. 우리 집이 사실상 외갓집이고 이모·이모부인 우리 어머니·아버지가 외할머니·외할아버지와 다름없다 보니 자주 놀러 오는 편이다. 나 역시 호칭만 형이지 녀석들의 삼촌이나 마찬가지고, 그래선지 볼 때마다 뭐 하나라도 더 챙겨주고 싶은 기분이 든다. 음식도 마찬가지다. 녀석들이 놀러 올 때 우리의 코스는 정해져 있다. 냉면, 고기, 그리고 돌아가기 전날 저녁 통닭 시켜 먹기의 순서다. 동생들은 특히 소고기를 좋아해서, 우리는 집 근처 소고깃집에서 등심, 안심, 채끝살 등 맛있는 부위를 골라 먹는다. 그중에서도 특히 인기 있는 부위는 단연 꽃등심이다.

등심 부위의 마블링이 꽃 모양을 하고 있다고 해서 붙은 이름, 꽃등심. 고기 좀 먹는다는 사람이라면 소고깃집에서 꽃등심을 시켜 먹는다. 가격이 세서 중요한 날에만 먹는 경우가 많으며, 그만큼 고급 메뉴로서의 경쟁력도 남다르다. 하지만 불과 십수 년 전만 해도 꽃등심을 먹는 사람은 별로 없었다. 도대체 언제부터 꽃등심이 우리 식탁에 올라오기 시작했고, 또 이렇게 귀한 대접을 받게 되었을까? 그리고 그 이유는 뭘까?

어린 시절, 졸업식과 같은 중요한 날이면 매번 갈빗집으로 향했다. 수원 왕갈비, 태릉 갈비, 이동 갈비, 마장동 갈비 등 갈비로 소문난 동네 이름을 앞에 단 갈빗집들 중 한 곳으로 가서 들뜬 졸업식 분위기를 이어갔다. 갈비는 확실히 쫀득한 맛이 일품이다. 양념에 잘 재운 고기는 소스와 고기가 조화를 이룬다. 흔히 졸업식에는 자장면을 먹었다지만, 그건 우리 부모님 세대 이야기다. 물론 부모님 때도 자장면 속 고기는 식사의 중요한 요소였다. 형편이 좋은 가정에서는 탕수육을 함께 주문했다고 한다.

내가 초등학교, 중학교, 고등학교를 졸업하던 시기에는

자장면보다 갈비나 불고기 전골 같은 고기류를 더 선호했던 기억이다. 왜 졸업식 날 고기를 먹었던 걸까? 고급스러우면서도 쉽게 접할 수 있는 음식이어서가 아니었을까? 지금도 갈비는 외식 메뉴로 인기가 좋지만, 고급스럽다는 느낌은 예전에 비해 조금 덜해진 듯하다.

유럽 등지에서는 산업 혁명과 함께, 우리나라는 광복 이후부터 본격적인 공장제 가축 생산 시스템과 도축 공정이 도입됐다. 소와 돼지에게는 지옥의 시작이었겠지만 고기를 많이, 쉽게 먹을 수 없었던 평범한 사람들에게는 새로운 기회의 시작이었다.

조선 시대만 해도 소고기는 대부분 일소의 고기였다. 나이가 들어 일소로서 가치가 없어지면 도축을 했던 것이다. 그렇게 나온 고기는 확실히 질겼다. 그래서 강한 양념으로 고기의 잡내를 없애야만 했다. 양념은 고기를 부드럽게 만들기도 하니 일석이조의 효과였다. 이런 이유로 사람들이 가장 흔하게 먹던 소고기는 불고기 형태의, 양념에 잰 고기였다. 이 같은 고기 섭취의 형태는 오랜 기간 이어져 내려왔으며, 광복 이후 공장제 도축 시스템이 도입된 후에도 유효했다. 식당들은 부족한 고기를 되도록 많아 보이게 하려고 얇게 저민 불고기와 채소를 섞어 전골로 내놓았다.

고기는 같은 양의 채소보다 비싸다. 채소를 재배하는 것에 비해 가축을 키우고 도축하여 가공하는 데 시간과 노력, 비용이 훨씬 많이 들기 때문이다. 그래서 고기를 먹는 행위는 그 자체로 사치스럽게 보이기도 한다. 우리 모두는 이를 잘 알고 있고, 고기를 즐기는 사치를 자신의 능력으로 포장하는 허세를 발휘하기도 한다.

소득이 높아질수록 사람들은 새로운 형태의 고기를 원했다. 고기는 마치 명품 브랜드처럼 사람들의 마음속에서 끊임없이 새로운 욕구를 자극했다. 사람들은 나만이 먹을 수 있는 고기, 다른 사람은 못 먹고 나만 그 맛을 표현할 수 있는 고기를 찾아 돌아다녔다.

그렇게 사람들의 눈에 뜨인 것이 갈비다. 생갈비, 양념갈비 모두 예로부터 우시장이나 고기 도축장을 중심으로 발달해온 음식이다. 1970년대 이후 경제 발전과 함께 고기 수요가 늘었고 많은 이들이 더 많은 고기, 특별한 고기를 원하면서 식당에서 갈비를 팔기 시작했다. 기존의 불고기가 적은 양을 많아 보이게 연출한 음식이라면, 갈비는 그 자체로 고기의 양이 적나라하게 보이는 음식이었다. 오히려 뼈가 붙어 있어 실제 먹을 수 있는 살점의 양은 전체 크기에 비해 적었다.

갈비가 인기를 끌면서 포천 이동, 수원, 마장동 등 수많은 갈비 명산지의 이름이 붙은 식당이 우후죽순 생겨났고, 고급 음식이었던 갈비도 조금씩 대중화되기 시작했다. 대중화된 음식은 많은 사람이 즐길 수 있다는 장점이 있지만 '나만 먹을 수 있는 음식'이라는 만족감은 주지 못한다. 고기라는 식재료를 허세의 일환으로 활용하는 이들의 입장에서 보면 이것은 치명적인 약점이기도 하다.

그렇게 갈비는 소수 마니아의 마음에서 밀려나 꽃등심으로 대체되기 시작한다. 꽃등심은 소의 등골뼈에 붙은 고기 중에서 지방질의 침착이 잘되어 대리석 무늬가 고루 퍼져 있는 등심 부위의 고기를 이른다. 특히 살코기 사이사이로 지방이 스며든 모습이 마치 활짝 핀 꽃 같다고 하여 '꽃'등심으로 불린다. 이런 지방 분포 형태는 공장식 축산 시스템 속에서 사료로 키운 소의 전형적인 특징이기도 하다. 스페인, 프랑스, 아일랜드 등 초지에서 소를 방목해 키우는 유럽 지역의 소 등심 부위를 보면 지방이 한쪽으로 몰려 있는 것을 볼 수 있다. 소가 많이 움직여 지방질이 적거나, 있더라도 한쪽으로 몰려 있는 것이다.

고기, 특히 소고기 생산량이 늘면서 소고기 생고기에 대한 수요를 자연스럽게 충족하게 되었다. 그러나 꽃등심은 단위 무게당 가격이 다른 소고기 부위에 비해서, 같은 등심에 비해서도 월등히 높았다. 허세를 충족하기에 이보다 더 좋은 소재는 없었다. 희소성과 가격이 만나 '나만의 고기'가 됐을 때 고기 속에 숨은 허세는 폭발하게 된다. 좋은 날, 가까운 이의 성취를 축하하는 날 우리 밥상 위의 고기는 자장면과 함께 시키던 탕수육에서 불고기로, 불고기에서 갈비로, 다시 갈비에서 꽃등심으로 변해갔다.

요즘 즉석에서 구워 먹는 꽃등심만큼 뜨는 고기의 형태가 있으니 바로 스테이크다. 우리는 스테이크를 패밀리 레스토랑에서 가족과 혹은 고급 레스토랑에서 연인과 함께 분위기 낼 때 먹는 음식으로 알고 있다. 하지만 스테이크는 그 육즙만큼이나 찐득한 이야기를 품고 있는 음식이다. 어쩌면 고기가 품은 허세의 속성과 가장 닮은 요리 방식일지도 모른다.

예전에 영화 〈아이리시 맨〉을 보러 극장에 갔을 때 일이다. 세 시간이 넘는 상영 시간에 몸이 지칠 대로 지쳤지만 몇몇 부분은 잠을 확 달아나게 할 정도로 몰입감이 대단했다. 특히 한 장면이 눈에 띄었다. 남들은 그냥 지나갔을지도 모르지만, 내 기억에는 유독 선명하게 각인된 그 장면. 바로 스테이크를 먹는 장면이었다.

〈좋은 친구들〉, 〈대부〉 등 마피아가 주인공으로 등장하는 영화에는 어김없이 스테이크를 먹는 장면이 나온다. 고급 레스토랑에 두목과 조직원들이 모여 스테이크를 썬다. 좋은 와인을 곁들이는 건 기본이다. 그들은 재킷 주머니에 꽂은 행커

치프처럼 폭력성을 숨기고, 마치 18세기 영국 귀족이라도 된 양 우아하게 자신들의 건재함을 과시한다.

여행 프로그램에서 뉴욕을 다룰 때면 언제나 스테이크 하우스가 등장한다. 불과 몇십 년 전까지만 해도 뉴욕은 문화와 예술의 도시가 아닌 매춘부와 갱스터의 도시였다. 마약과 향락이 가득했고 어느 레스토랑을 가든 마피아들이 진을 치고 있었다. 육즙이 줄줄 흐르는 스테이크는 그들의 욕망을 대변하는 듯했다.

19세기를 지나 20세기로 들어서면서 스테이크는 가정에서 레스토랑으로 자리를 옮겼다. 고향을 떠나 거대한 메트로폴리스에 온 사람들은 집에서 사람을 접대할 마음도, 그럴 여력도 없다. 하지만 돈은 비교적 충분했다. '스테이크 하우스'로 불리는 고기 전용 레스토랑들은 이들의 마음을 꿰뚫어 봤고, 그들의 허세를 채워주기 시작한다.

그냥 굽기만 하면 되는 것처럼 보일지 몰라도, 사실 최상급 스테이크는 손이 많이 가는 음식이다. 최고급 소를 사육하고, 최고의 정형사가 손질한 부위를 짧게는 20일에서 길게는 30일까지 걸어둔 채 숙성하며 육향을 최고치로 끌어올려야 한다. 최고의 고기가 준비됐나? 그렇다면 이제는 주문을 받을 차

레다. 손님의 요구에 맞춰 적절한 온도에서 정확한 시간 동안 구워내야 하는 건 말할 것도 없다.

레스토랑에 마피아 거부가 들어온다. 미디엄 레어로 고기를 주문하고 레드 와인도 한 병 시킨 보스와 조직원들은 마치 전쟁 전략을 짜듯이, 상대 조직을 급습할 계획을 준비한다. 그 기세는 마피아가 아니라면 참전용사로 보일 정도다.

많은 사람이 고기의 기름이 싫다고 하지만, 살코기와 기름이 적절히 어우러진 것이 스테이크로서는 최상이다. 보스는 티본스테이크T-bone steak를 주문했다. T자형의 뼈 양쪽에 안심과 등심이 붙어 있어 이런 이름으로 불린다. 한국의 스테이크 1인분은 200~300g 사이지만 뉴욕의 1인분은 350g 가까이 된다. 성인 손바닥보다 큰 고깃덩이가 나오는 것이다.

주문한 음식이 등장하고, 보스와 조직원들은 포크와 나이프를 집어 든다. 칼날이 스테이크 위로 미끄러지자 픽 하는 소리와 함께 진한 육즙이 새어 나온다. 적의 피처럼, 옆에 놓인 붉은 와인처럼 선홍빛을 내는 육즙을 개의치 않고 고기를 한 점 입으로 가져간다.

레스토랑에 마피아만 있는 것은 아니다. 실내는 평범한

직장인을 비롯한 성인 남성들로 가득하다. 고기를 먹는다는 것은 그들에게 단순한 음식 섭취 행위 이상의 의미다. 접시 위에 놓인 고깃덩어리를 직접 칼로 썰어 입으로 가져가는 의식은 남성 중심 문화에서 우월감을 느끼는 오만의 표현이며, 남자다움을 과시하는 허세의 소산이다.

한참 이야기를 나누며 식사하던 사람들은 그 귀한 고기를 다 먹지도 않은 채 자리를 뜬다. 안심과 등심, 그 외 귀한 부위를 남기는 건 자신에게 별일 아닐 정도로 재력이 있음을 은연중에 과시하려는 태도다. 어쩌면 꽃등심의 자리를 스테이크가 넘볼 수 있는 것도 이런 이유 때문일지 모르겠다. 그들은 고기 대신 허세를 음미하며, 거침없는 칼질로 스스로의 우월함을 과시하고 있는 것이다.

## 배달의 민족? 고기의 민족!

　　우연히 만난 친구와 커피를 마시다가 〈초식남이지만 채식주의자는 아닙니다〉 원고 이야기를 했다. 채식주의자인 친구는 고기 이야기가 매력적인 건 알겠지만 듣기 조금 거북하다고 했다. 충분히 이해할 수 있었다. 그에게 내가 아무리 좋은 친구라고 해도 그 생각까지 모두 공감할 수는 없는 거니까. 친구는 책 두 권을 추천해 주었다. 한 권은 제러미 리프킨의『육식의 종말』, 다른 한 권은 정혜경 교수의『고기의 인문학』이었다. 친구의 추천에서 이 책을 읽고 너도 뭔가 좀 느꼈으면 한다는 뉘앙스가 은연중에 느껴졌지만, 그와 관계없이 책 자체에 끌려서 구매하기로 했다.

강남역에 들를 일이 생겨서 가는 김에 인근 서점에서 두 권을 모두 샀다. 특히 『고기의 인문학』은 표지에 적힌 부제가 마음에 들었다. 나 역시 최근 논의되는 여러 문제에 충분히 공감하고 있지만 고기, 그 미스터리한 존재의 매력에 저항하기란 쉽지 않았다. 이런저런 관련 다큐멘터리를 볼 때마다 '아… 이건 아니야'라는 생각을 하다가도 다음 날 고기반찬 없는 밥상에 실망하는 모습에 나라는 녀석이 간사하게 느껴졌고, 이렇게까지 강력한 고기라는 놈의 마력에 대해 호기심이 일곤 했다.

다들 알다시피 21세기의 육식 생활은 예전과 달리 다양한 문제를 일으킨다. 채식주의자나 환경운동가들은 공장제 도축 시스템이나 환경파괴 문제를 지적하고 있고, 나는 이에 공감하지만 육식 자체를 금지해야 한다는 의견에는 동의하기 힘들다. 그렇다면 그 간격을 줄일 수는 없는 걸까? 이에 대한 답을 찾을 수 있지 않을까 싶어 책장을 넘겼다.

우리는 언제부터 고기를 좋아한 걸까? 저자는 신석기에 새겨진 울산 대곡리 반구대 암각화 속 육식 문화부터 언급한다. 가축을 길러 고기를 얻기 시작한 역사는 생각보다 훨씬 오래되었다. 아무리 빨라도 철기 시대에 들어서고 한참이 지나서야 우리가 아는 완전한 형태의 가축 사육이 이뤄졌을 거라고 생각했는데, 그게 아니었다.

저자는 삼국시대에서 고려, 조선으로 오는 과정에서 우리의 육식 문화가 어떻게 바뀌었는지에 대해서도 이야기한다. 고려 시대에는 불교의 육식을 금하는 문화의 영향으로, 또 농사 활성화를 위해 우금령을 내렸지만 소용이 없었다. 술만큼 고기를 사랑하는 민족이었으니까. 책에는 외교사절로 온 중국 사신이 푸줏간에 길게 늘어선 줄을 보고 놀랐다고 쓰여 있다. 그는 속으로 '이 민족은 진짜구나' 생각하며 혀를 찼을지도 모르겠다.

급격한 경제·문화적 발전과 함께 우리의 식문화는 세계로 뻗어 나간다. 치맥은 시대의 아이콘이 됐고, 불고기는 '코리안 바비큐'라는 조리 방식까지 등에 업은 채 국경을 건넜다. 잘 알려져 있다시피 온 세상의 삼겹살 중 상당량이 우리나라로 수입된다. 술과 고기가 우리 일상에서, 문화에서 빼놓을 수 없는 요소가 된 것이다.

살생 자체를 금하는 불교 계율 말고도, 거의 모든 종교에 특정 고기를 먹지 못하게 하거나 혹은 특정 기간에는 먹지 못하게 하는 금기가 있다. 이는, 그러한 금기가 없다면 고기를 먹고자 하는 인간의 갈망을 제어하기 어렵다는 역설일 터. 비록 고기를 풍족하게 즐기지는 못했지만, 그렇기 때문에 더욱 다양한 고기를 사육해서, 또 사냥해서 먹었다. 또 조금이라도 더 맛있게 먹기 위해 수많은 조리법을 발달시켰다. 우리 조상들이 고기를 먹어 온 방식 속에 공장식 축산의 폐해와 환경 파괴를 극복할 고기 문화의 미래가 있다.

- 정혜경, 『고기의 인문학』 따비, 2019.

작가는 우리가 일제강점기 이전에는 더 쉽게 고기를 즐겼지만, 일제강점기와 6.25 전쟁이라는 시련을 연달아 겪으면서 국토가 황폐해져 고기를 먹기가 어려워졌다고 말한다. 이후 서구의 공장제 축산 시스템이 도입됐고 대량생산이라는 혁명을 이뤘으나 과거 조상들이 가졌던 생명에 대한 존중을 바탕으로 하는 경건함과 육식을 조절하는 습관은 온데간데없이 사라져 버렸다. 개인적으로 가장 안타까운 부분이었다. 세계 여러 문명에서 살생은 필요할 때, 필요한 만큼만 하고 부득이 살생을 할 때는 경건한 마음으로 행하며 고기를 얻곤 했는데, 이제 그런 조심스러움을 찾아보기 힘들어진 것이다. 저자의 말대로 지금 우리는 '소'가 아닌 '소고기'만 마주하며 살아간다. 어떻게 고기가 얻어지는지도 모른 채 음식의 재료로서만 대상을 받아들이고 있는 셈이다.

그럼에도 육식은 본능적인 행위다. 인간은 잡식성으로 진화했다. 육식을 끊고 살아가는 채식주의자들이 분명 존재하지만, 그들이 대단한 것이지 일반 사람으로 하여금 육식 생활을 포기하게 하는 건 거의 불가능에 가깝다. 오늘날 육식의 문제는, 식욕이라는 원초적 욕구를 고기를 통해 채우면서도 살생이라는 불편한 행위는 직접 하지 않는 데 있다. 사람들이 점점 더 고기를 많이 먹는 이유도 비슷한 맥락에서 찾을 수 있지 않을까 싶다. 고기 소비가 늘어나는 현상에는 경제 발전이라는 이유 외에도 이러한 생산과 소비의 유리가 영향을 미쳤으리라는 것이 나의 생각이다.

확실히 우리나라 사람들은 고기를 참 좋아한다. 고기 요리의 가짓수는 채식 요리에 뒤지지 않고, 고기와 채소를 함께 조리하거나 곁들여 먹는 음식도 다양하다. 그만큼 고기에 얽힌 사연도 많다. 특히 현재의 중장년층은 고기를 마음껏 먹을 수 없었던 유년기의 기억 때문인지, 육식에 대한 애틋함이 있다.

10여 년 전 조부모님 산소에 성묘하러 갈 때 있었던 일이다. 바삐 발걸음을 옮기던 아버지를 한 동네 어르신이 붙잡았다. 어르신은 돼지고기를 푹 삶아 말갛게 끓인 고깃국을 국자로 뜨면서 "변 군, 국물 맛 좀 보고 가게나." 하고 말씀하셨다. 이미 식사를 하고 오신 아버지는 고깃국을 정중히 사양하고 그분과 얘기를 좀 나누다 산소로 올라오셨다. 아버지는 말씀하셨다. "옛날에는 고기를 많이 못 먹어서, 기름이 떠 있는 고깃국물이라도 먹는 게 큰 낙이었지. 예전 생각이 나서 나눠주려고 하셨나 보다."

그 동네 어르신의 마음은 어쩌면 우리 모두의 안에 있는 것인지도 모른다. 내가 오랜만에 본가로 돌아가면 부모님은 항상 고기반찬을 준비해 주신다. 나나 우리 가족뿐 아니라 우리나라 사람들 대부분은 중요하다고 여기는 날에 고기를 먹는다. 군대에서 휴가를 나온 날, 시험에 합격한 날, 졸업식, 결혼식, 스트레스를 풀고 싶을 때, 회사의 대규모 회식 날 등등.

고기는 우리에게 어떤 의미일까? 우선 육식을 하는 사람들에게 고기는 맛있는 식재료다. 열심히 갈비를 뜯는 모습이 누군가에겐 혐오스럽게 보일 수도 있겠지만, 고기를 좋아하는 사람들에게는 복스럽게 보인다. 식재료로서의 일차적 의미를 떠나서도 고기를 선호하는 이유를 찾아볼 수 있다. 신분 상승 욕구를 충족해 준다는 점도 그중 하나다. 불과 몇십 년 전까지만 해도 고기는 그 자체로 행복과 풍요, 그리고 부의 상징으로 기능했다.

고기가 이토록 쉽게 사람들을 끌어당기는 이유에 대해서는 아직 만족스러운 답을 찾지 못했다. 하지만 그 과정에서, 우리가 고기에 대해 어떻게 생각해야 하는지 고민할 수 있었다. 고기 먹기 쉬운 세상이지만, 오히려 우리가 고기를 왜 먹는지, 왜 좋아하는지, 무엇보다 고기는 무엇인지에 대해서는 잊고 사는 듯하다. 우리 조상은 고기의 의미를 염두에 둔 채 육식을 했다. 고기와 살생, 가축과 친구, 육식과 본능에 대해 고민했고, 고기에 대한 욕구를 이성으로 조절하려 애썼다. 이번 주말에 삼겹살 파티가 예정되어 있다면, 이 고기가 어디서 어떤 과정을 거쳐 우리에게 왔는지 한 번쯤 떠올려 보는 것도 좋지 않을까?

# 3 내장을 먹으면 어른이 되는 거야

과거에는 문화에 따라 성인식을 치렀지만 요즘은 각자의 방식으로 성인식을 치른다. 어떤 이는 금기를 뛰어넘고, 다른 사람들은 정해진 룰에 따르거나 특별한 경험을 하며 어른으로 성장하는 과정을 밟는다. 단순히 스무 살이 넘었다는 사실이 어른의 증표가 될 순 없다. 사람마다 성장의 속도가 다르듯 어른이 되는 순간도 저마다 다르다. 난 언제 어른이 되었을까 고민하던 차에 TV에서 내장 요리를 먹는 백종원 씨 모습을 보게 됐다. 그는 이렇게 말했다.

"내장 요리를 먹는 건, 일종의 성인식 같아요. 내장을 먹음으로써 고기의 모든 것을 맛본 셈이니까요."

고개를 끄덕이다가 처음으로 혼자서 내장 요리를 먹으러 갔던 날을 떠올렸다. "곱이 좋은 곱창을 먹는 건 소고기 5인분을 먹는 것보다 더 맛있어."라고 강조했던 대학 선배의 말이 생각난 어느 날, 나는 홀로 곱창집으로 향했다. 곱창을 몇 번 먹어보긴 했지만, 술 안주로만 생각했던 탓인지 곱창의 맛이 온전히 기억나지 않았다.

곱창집은 한산했다. 혼자 곱창을 먹으러 온 학생을 본 사장님은 호기심과 걱정이 반반씩 담긴 눈길로 주문을 받았다. 아마도 사연이 있는 사람 같아 보인 모양이다. 혼자 곱창집에 간다는 긴장 탓에 상기된 얼굴이, 애인과 헤어지고 이별의 아픔을 술로 달래러 온 사람처럼 보였는지도 모르겠다.

주문을 마치자 곧 소주 한 병과 천엽, 생간이 나왔다. 소주가 입을 지나 목을 타고 넘어간 후, 기름장에 찍은 천엽과 생간을 먹었다. 은쟁반 위로 흐르는 물방울처럼 음식과 혀가 따로 노는 느낌이었다. 그 느낌이 싫지는 않았다. 내장의 향과 질감을 온전히 느낄 수 있었으니까. 오독오독 씹히다가 부드럽게 넘어가는 식감은 무료할 틈을 주지 않았다. 혼술을 하다 보면 잡생각이 많이 난다. 가끔은 멍때리기도 하고 휴대폰으로 영상을 보다가 키득키득 웃기도 한다. 하지만 내장 요리는 조금 달랐다. '어? 이거 뭐지?' 하는 생각과 함께 눈앞의 요리에 집중하게 만드는 마력이 있었다.

식전 음식에 집중한 지 7분여가 지나고, 초벌구이를 마친 곱창이 등장했다. 동그란 불판 속을 가득 메운 곱창은 한눈에도 곱이 꽉 들어차 보였다. 달팽이 껍데기처럼 동그랗게 말린 그 모양은 건드리기 미안할 정도로 예뻤다. 혼자서는 처음인 걸 눈치채셨는지 사장님은 곱창을 손수 잘라주셨다. '톡, 톡, 톡, 톡' 끊어지는 곱창은 참기름처럼 고소한 기름을 내뱉으며 하얀 곱을 드러냈고, 누린내 대신 고소한 냄새를 풍기며 코끝을 자극했다.

이후에는 어떻게 시간이 흘렀는지 모를 만큼 집중했다. 소주 한 잔, 곱창 한 점을 되풀이하다 보니 금세 한 시간이 지나 있었다. 개인적으로 뭔가에 집중할 때 씹는 행위가 도움이 되는 편인데, 곱창은 그에 완전히 부합하는 음식이었다.

곱창을 먹는 동안 사람, 일, 사랑, 뉴스에 나오는 사회 문제, 내가 응원하는 스포츠팀 등 떠올릴 수 있는 모든 생각이 머리를 훑고 지나갔다. 어느새 팬의 바닥이 보였고 남은 곱창과 기름에 볶음밥을 만들어 먹었다. 사람들은 혼자 곱창에 소주를 들이켜는 나를 때로는 측은하게, 가끔 궁금하다는 표정으로 바라봤다. 내장 요리는 특별한 사연이 없는 이에게도 사연의 아우라를 만들어주는 걸까? 다른 손님들을 바라보는 내 눈빛도 크게 다르지 않았다. 그들에게도 곱창을 먹는 저마다의 사연이 있을 거 같았다.

내장탕, 부속구이, 알탕, 생선 내장으로 만든 요리, 곱창, 대창, 막창…. 한국인은 다양한 가축과 생선의 내장을 식재료로 활용한다. 그리고 각각의 내장 요리에는 어떻게 이 음식이 만들어졌는지에 관한 전설이 있다. 물론 한국의 내장 요리에만 국한되는 이야기는 아니다. 다른 나라, 다른 문화권의 내장 요리에도 웃지 못할 사연들이 옛날이야기처럼 얽혀 전해 내려오고 있었다.

2013년 아일랜드에 갔을 때 영어 회화 실습을 위해 집 근처 정육점에 자주 들락거렸다. 정육점 주인아저씨는 한 달에 여러 번 오는 동양인 학생을 기억하고 있었다. 하루는 삼겹살 말고 다른 부위를 구매하고 싶어졌다. 망설이는 태도가 평소와 다르다는 걸 알아챈 아저씨는 "궁금한 거 있어요?" 하고 물었다. 나는 돼지, 소의 이런저런 부위들에 대해 물어봤고, 그렇게 진열장을 들여다보다가 눈에 띄는 접시를 발견했다. 내장이었다. 예전에 본 TV 프로그램에서 분명 "서구인들은 상대적으로 내장 부위를 적게 먹어서 육식성 사료로 사용하기도 합니다."
라는 말을 들었는데, 그 말을 철석같이 믿고 있었는데 이건 뭔
가 싶었다.

　　이런 나의 의문을 밝히자 그는 "너희는 내장 안 먹어?"라
반문했고, 나는 한국인들이 얼마나 알뜰살뜰 부위를 나눠 먹
는지 얘기했다. 주인아저씨는 "한국인들도 여러 이유로 내장
을 먹게 됐을 거야. 맛도 있지만 고기로 채우지 못한 배를 내장
을 이용한 요리로 채웠을 거 같아."라고 했다. 이후 아일랜드
의 척박한 기후, 감자 대기근 등 여러 가지 이유로 가축의 거의
모든 부분을 활용하기 시작했다는 얘기를 들었다. 그러고 보
니 소, 돼지, 닭, 심지어 해산물까지 있는 정육점에는 고기부터
뼈, 내장까지 모든 부위가 해체된 채 손님을 기다리고 있었다.
순대가 먹고 싶었던 나는 블랙 푸딩 두 덩어리를 사서 집으로
향했다.

　　그로부터 며칠 뒤, 이탈리아 시칠리아 출신인 지오반니
의 집에 초대받았다. 평소 내가 먹고 싶다고 했던 내장 버거 요
리를 만들어 놓고 우리를 맞이한 그는 곧 시칠리아에서 내장
요리가 발달한 이유를 장황하게 설명해 주었다. 사연은 비슷했
다. 모든 작물이 다 잘 자랄 정도로 비옥한 땅이어서 채소는 충

분히 섭취할 수 있었지만 육고기는 귀족의 전유물이었고, 평민들은 육고기를 바치고 남은 내장으로 요리를 시작했다는 얘기였다.

과거에는 빈곤과 아픔의 상징이었지만, 이탈리아와 아일랜드의 내장 요리는 둘 다 맛있었다. 이제 내장 요리는 이들 나라를 대표하는 식재료이자 특색 있는 요리가 됐다. 뭔가 또 다른 느낌의 성인식이랄까. 어려움을 겪고 한층 성장한 사람처럼, 성장통을 특별한 요리로 이겨낸 문화의 상징 같았다. 친구가 해준 시칠리아 내장 요리와 내장 버거를 먹으며 서로에 대한 이해와 포용의 범위를 넓혀갔다. 자리에 함께한 이들 모두 생각의 크기가 커졌다.

가끔은 내 속을 내가 모를 때가 있다. 그렇게 나조차도 내 마음을 어찌할 줄 모를 때 '이게 내가 맞나?' 하는 생각이 든다. 내장 요리도 비슷하다. 처음 내장으로 요리를 하겠다고 생각한 이도 그런 마음이었을 거다. '이걸로 요리를 할 수 있나?', '어떻게 해 먹어야지?' 일단 먹을 게 부족하니 먹긴 먹어야겠는데 어찌할 줄 모르는 그 마음. 하지만 몇 번의 경험을 거치며 내장은 근사한 요리로 자리 잡았다. 요리를 처음 만든 이나 처음 맛본 이 모두 새로운 일을 겪으며 성장했다. 음식에 관한 것부터 삶에 관한 이야기까지 다양한 주제로 대화를 나누면서, 그렇게 생각의 범위를 한 단계 넓혀갔다. 곱창을 처음 먹었던 날의 나처럼, 블랙 푸딩을 만든 아이리시처럼 내장 요리는 우리를 성장시켰다.

# 눈물 젖은 고기는 왜 없는 걸까

"눈물 젖은 빵을 먹어보지 않은 사람과는 인생을 논하지 말라."

인생의 고난과 역경에 관해 이야기할 때, 우리는 이 격언을 자주 인용한다. 한국 사람들끼리는 '빵' 대신 '밥'을 집어넣어 우리만의 공감대를 만들기도 한다. 인생을 살다 보면 정말 힘이 들 때가 있다. 나도 모르게 눈물이 흐를 때, 특히 밥 먹다가 갑자기 복받쳐 하염없이 눈물이 흐를 때 감정은 최고조가 된다. 가슴은 쉼 없이 떨려오고 입으로는 흐느낌을 참기 위해 연신 가쁜 숨을 헐떡인다. 입안에 가득 찬 밥알은 가끔씩 나오는 한숨을 따라 툭툭 떨어지기도 한다. 그렇게 한참을 울먹이고 나면 주변은 엉망진창이 되지만, 헐떡이던 마음은 다행히 조금 가라앉는다. 빵을 먹고 있었다 해도 사정은 크게 다르지 않다. 갑자기 터져 나오는 울음처럼, 빵 속 크림이 한숨과 함께 입 밖으로 삐져나온다.

그런데 곰곰이 생각해 보니 '눈물 젖은 빵'과 '눈물 젖은 밥'은 있는데, '눈물 젖은 고기'라는 말은 들어본 적이 없었다. 왜지…? 궁금증이 몰려왔고, 나는 짱구를 굴리기 시작했다. 우리는 왜 고기를 먹을 때는 눈물을 흘리지 않는 걸까. 빵과 밥, 고기에는 어떤 차이점이 있는 걸까. 흰쌀밥에 제육볶음을 얹어 먹으며 그 답을 찾아보기로 했다.


대부분의 문화권에서 탄수화물로 이뤄진 곡물, 그리고 그 곡물로 만든 빵과 밥을 주식으로 삼는다. 농업 혁명 이후 인류는 더 이상 수렵과 채집에 의존하지 않고 점차 농사의 비중을 늘려갔다. 그에 따라 잉여 농산물의 양도 많아지기 시작했다. 농사가 잘된 해엔 창고에 곡식이 차고 넘치게 된 것이다. 그게 대략 기원전 7,000년 전쯤이니, 우리가 농사를 짓고 곡식을 주식으로 먹기 시작한 건 9,000년—어림잡아 1만 년—이 됐다. 그 시간만큼 우리는 곡식과 탄수화물에 길들었다. 탄수화물은 모든 식사의 가장 중요한 요소로 자리 잡았고, 탄수화물에 중독된 이들도 꾸준히 늘어나고 있다.

농사가 항상 잘되기만 한 건 아니다. 홍수, 가뭄, 이상기후 등으로 흉년이 들면 창고는 텅텅 비기도 했다. 산업혁명 이전에는 지금처럼 저장 기술이 좋지 않았기에 오랜 기간 곡물을 보관하다가는 썩혀 버리기 일쑤였다. 우리나라의 보릿고개처럼, 곡물이 부족해 굶어 죽는 이가 늘어나는 시기가 오기도 했다. 몇 가지 곡식에 의존해 농사를 짓다 보니 생긴 결과였다. 그럼에도 인류는 그 몇 가지 곡식으로 현대 문명이라는 금자탑을 이뤘다. 쌀과 밀, 옥수수 등의 주요 곡물을 대체할 새로운 에너지원이 나오지 않는 한, 곡식은 언제나 인간의 중요한 식량일 것이다.

곡식은 1만 년에 걸쳐 인류 역사에 깊이 관여하며 식생활의 중심으로 파고들었고, 곡식으로 만든 음식들은 자연스럽게 사람들의 생명 그리고 삶과 동일시되기도 했다. 전 세계 어느 나라에서든, 기근이 심하고 경제 상황이 좋지 않으면 민중은 통치자에게 '밥을 달라'고 하거나 '빵을 내놓으라'고 요구한다. 최소한의 식량을 보장해 생명권을 지키라는 뜻이다. 프랑스 대혁명 당시 루이 16세의 왕비 마리 앙투아네트가 "빵이 없으면 케이크를 먹으면 되지 않나."라고 말했다는 소문이 퍼져 프랑스 민중의 공분을 샀다는 것은 유명한 이야기다. "밥이 없으면 술이라도 마시면 되지 않냐."와 비슷한 말이다. 먹을 쌀도 없는 마당에 술이라니, 정신 차릴 때까지 술독에 담가 혼쭐을 내줘야 할 것 같다.

현대에 와서도 밥과 빵, 쌀과 밀은 생존권을 상징한다. 과거 WTO, 한미 FTA 등 굵직한 무역 협상이 있을 때마다 벼농사를 짓는 농가와 농민단체들은 '우리 쌀로 우리 밥을 지을 권리를 보장하라'고 외치곤 했다. 값싼 미국산 쌀에 비해 가격 경쟁력이 낮은 우리 농가의 쌀을 보호해 농민들의 생존권을 지켜달라는 뜻이다. 이렇듯 곡식과 곡식으로 만든 음식은 삶과 생존으로 직결된다. 밥이나 빵에는 눈물 젖은 사연이 많이 얽혀들 수밖에 없었던 것이다. 인간이 밥과 빵을 먹기 시작한 이래, 그 위로 삶의 짠내가 서리기 시작했다.

고기는 밥과 빵처럼 문화적인 의미에서 삶 자체를 대변하지는 않는다. 대신 동서양을 막론하고 큰 축제가 있을 때면 빠지지 않고 등장했다. 그리스·로마 신화에서 디오니소스는 축제가 있을 때마다 거대한 소를 잡아 사람들과 나눠 먹었다. 『오디세이아』에 등장하는 이아손도 영웅들을 이끌고 아르고호 원정을 떠나기 전, 소와 양을 잡아 제물로 바치면서 무사 귀환을 기원했다.

고기는 제사를 지낼 때 신께 바치는 신성한 제물인 동시에 환락의 상징이기도 했다. 중국의 사서 『사기』 중 「은나라본기殷本紀」는 은의 마지막 왕인 주왕을 '주지육림酒池肉林'이라는 사자성어로 묘사한다. 주지육림은 술로 연못을 이루고 고기로 숲을 이룬다는 뜻으로, 질탕하게 마시고 노는 행태를 이르는 말이다. 주왕은 애첩 달기의 청을 받아들여 큰 유원지를 만들었는데, 술로 채운 연못에 배를 띄울 수 있었으며 고기가 산처럼 쌓이고 포가 숲과 같이 빽빽했다고 전해진다. 후에 은나라가 주나라에 멸망하면서 '주지육림'은 방탕한 생활의 상징이되었다.

이처럼 예부터 육식은 특별한 날에, 특별한 장소에서 먹는다는 의미가 있었다. 고기 수급이 쉽지 않던 과거 민중에게 고기 먹는 날은 그야말로 축제나 다름없었다. 우리나라에서도 마을에서 소나 돼지를 잡는 날이면 잔치 삼아 수많은 이들이 술과 고기를 즐겼다. 제사를 지낼 때도 마찬가지였다. 전 세게 어느 나라든지 제사를 지낼 때는 신, 창조주, 조상에게 가장 귀한 것을 대접하는 게 관례다. 햇과일, 햇곡식, 외국의 진기한 물건 등 여러 제물이 올라가지만 그중 으뜸은 단연 고기다. 우리가 고사를 지낼 때 돼지머리를 한가운데 세우듯, 어느 문화권이든 고기는 제사상 중심에 놓는 게 보통이다.

귀하고 얻기 어려우며, 중요한 날에만 볼 수 있었던 고기는 그야말로 기쁨과 환희, 축제의 상징이었다. 짠내와는 거리가 있었다는 말이다. 사극을 봐도 영웅호걸들이 한 손에는 고기, 한 손에는 술독을 든 채 "허허허." 웃고 있지, "꺼이꺼이." 울지는 않는다. 밥을 먹는 장면은 조금 다르다. 드라마 〈추노〉의 대길이(장혁 분)는 왕손이(김지석 분)와 최장군(한정수 분)을 잃은 뒤 밥을 먹으며 서럽게 운다. 감자 한 입 베어 물고 울고, 밥을 넘기다가 목이 메어 한숨을 쉰다. 이 장면에서 밥 대신 고기가 나왔다면 어땠을까. 아마 시청자의 공감도가 확 떨어졌을 것이다. 이렇게 고기와 밥은 서로 너무나 다른 식탁 위 친구인 것이다.

하지만 우리의 식생활이 육식 위주로 재편되었으니, 일상에서 고기를 먹다 우는 일이 아주 없다고는 못하겠다. 물론 자주 일어나는 일도 아니고 일어난다 해도 어색하게 보인다.

아직 드라마나 영화에서 고기 먹으며 우는 장면을 본 적이 없기 때문인지도 모르겠다. 식생활이 계속 바뀌다 보면 언젠가는 고기를 뜯으며 우는 장면도 나오게 될까?

# 5
# 육지 것이 제주서 고기 먹다
# 목이 멘 이유

코로나 확산을 막기 위한 거리두기가 강화되었던 2020년 1월, 집에 있는 시간이 급격히 늘었다. 아무리 집을 사랑하는 집돌이라도 강제 집돌이 상황은 만만치 않았다. 2월 말부터는 늘어나는 확진자 수에 긴장하며, 개인적으로도 방역에 신경 쓰며 제한적으로 사람을 만나곤 했다.

하지만 3월에 접어들면서 그마저도 쉽지 않아졌고, 몇 날 며칠 혼자 작업하면서 점점 일과 관련된 사람하고만 연락하게 되었다. '노잼' 시기가 계속되었다. 강력한 환기가 필요한 시점이었다. 그때 딱 떠오른 것이 제주 여행이었다. 영화 〈지슬〉의 촬영지와 4·3 유적지를 둘러봐야겠다고 마음먹은 지도 오래였다. 가야 한다는 느낌이 강하게 왔다. 마음 한구석에 언젠가는 마무리해야 할 숙제처럼 남아 있던 제주행을 실행할 때가 왔다고, 중요한 선택을 앞두고 결정권을 휘두르는 직관이 내게 말했다.

큰 고민 없이 순식간에 예약을 마치고 4일 후 제주로 향했다. 가는 김에 맛있는 것도 많이 먹고 싶었다. 특히 방어 회, 제주 흑돼지, 고기국수, 보말국수 등 제주 특산물을 꼭 먹고 싶었다. 기대했던 모든 음식을 다 맛보진 못했지만 그토록 먹고 싶었던 제주 흑돼지는 두 번이나 먹었다.

제주 4·3 평화공원을 방문하고 큰넓궤로 가는 길에 시간이 붕 떴다. 점심을 먹고 가자니 조금 이른 시간이었고, 그렇다고 안 먹고 이동하면 너무 배가 고플 것 같았다. 비바람도 거세서 운전하는 내내 지쳐 있던 상황. 간판에 제주 방언이 적힌 식당 하나가 눈을 사로잡았다. 주차장 한편에 차를 대고 터벅터벅 발걸음을 옮겼다. 점심시간이 되기 전에 도착해서인지 손님이 한 명도 없었다. 자리에 앉아 특별한 약초로 끓였다는 물을 한 잔 마시니 피로가 조금 내려앉았다. 메뉴판을 펼쳤다. 정식 메뉴는 대부분 2인용이어서 고민하던 찰나 '흑돼지 정식'이 눈에 띄었다. 흑돼지 제육볶음이 주메뉴라 괜찮을 것 같았다.

정식에 포함된 찬은 가짓수가 꽤 많았다. 고등어조림부터 각종 나물과 밑반찬, 된장찌개까지 푸짐한 한 상이 준비됐다. 비바람에 바들바들 떨다 들어와서 따뜻한 공깃밥과 된장, 고기 한 점을 입에 넣으니 온몸이 데워지는 느낌이었다. 기분 탓일까. 제주 돼지는 다른 지역의 돼지고기보다 더 쫀득하고 육질이 단단했다. 그만큼 씹는 맛이 좋았다. 아무 생각 없이 한 그릇을 비우고 밖으로 나오니 식당 앞 나무에 까마귀들이 가득했다. 제주 4·3 유적을 돌 때도 유독 까마귀가 많이 보였다. 4·3 유가족들의 아픔과 회복되지 않은 명예에 대한 슬픔이, 끝나지 않은 장례식처럼 이어지고 있었다.

큰넓궤를 마지막으로 첫날 일정을 마치고 숙소로 돌아왔다. 저녁 먹으러 나가기까지 시간이 조금 남았기에, 이번 여정의 시발점이었던 영화 〈지슬〉을 다시 봤다. 작품은 그날의 기억을 가감 없이, 그러나 결코 과하지 않은 담담한 태도로 표현해낸다. 그 가운데 원식이 삼촌(문석범 분)의 대사가 새로이 마음을 사로잡았다.

"내가 없으면 돼지 밥은 누가 주나? 다 굶어 죽게 생겼수다."

목숨이 경각에 달린 상황에서도 원식이 삼촌은 집에서 키우는 돼지를 생각하고 있었다. 그 장면을 가슴에 안고 나는 흑돼지 삼겹살을 먹으러 갔다. 제주 물가가 높다는 말은 들었지만 TV 출연 프리미엄까지 붙은 식당이라 그런지 생각 이상으로 가격이 꽤 나갔다. 역시 1인분은 주문이 안 되어서 흑돼지 삼겹살과 항정살을 주문해 굽기 시작했다. 주인아주머니는 홀로 온 손님에게 크게 관심이 없었고, 인원수가 많은 테이블에 찰싹 붙어 고기를 손수 뒤집어 주었다. 하지만 그게 더 편했다. 혼자 노래 들으면서 생각을 정리할 수 있는 여유가 생겼으니까.

점심으로 먹었던 제육볶음만큼 삼겹살도 쫀득했다. 육질이 단단해서 식감도 좋았다. 숯불 향이 은은하게 입혀져 맛도 향도 모두 좋았다. 고기를 좀 먹다가 영화 〈지슬〉의 장면들을 떠올렸다. 김 병장(장경섭 분)은 부하 병사들에게 마을의 돼지를 한 마리씩 가져오게 한다. 먹을 딴 돼지는 뜨거운 솥에 들어가도 아무런 말이 없다. 지옥 같은 상황에서도 일상을 생각하는 제주 사람들처럼, 돼지는 쥐 죽은 듯 조용하다. 돼지를 삶고 나서는 잔치가 벌어진다. 점령군의 학살 파티와 탐욕스러운 먹방이 이어진다. 김 병장은 돼지뿐 아니라 사람도 탐한다. 자신의 돼지에게 밥을 주러 왔던 원식이 삼촌은 병사에게 끌려가는 돼지를 발견한다. 삼촌은 병사를 나무라지만 그는 아무 반응이 없다. 자신의 행동이 범죄라는 걸 알고 있기 때문이었을까. 병사는 그저 시키는 일만 열심히 해댄다.

돼지고기에 관한 일련의 장면들을 떠올리곤 그 자리에서 젓가락을 놓았다. 술맛도 떨어졌다. 삶은 돼지를 게걸스레 먹는 김 병장의 모습에 내 모습이 오버랩됐다. '첫날은 추모하는 마음으로 제주를 돌아다녀야겠다'라고 생각한 게 불과 몇 시간 전인데 이를 잊고 음식을 탐하는 모습만 남아 있었다. 한 10분쯤 강소주만 마시다가 남은 고기와 함께 김치말이국수를 시켜 먹었다. 죄책감을 느끼면서도 주는 고기를 싹싹 긁어먹은 부하 병사처럼, 먹고사는 것과 신념은 다르다고 애써 위로하며 그렇게 고기 먹방을 마무리 지었다.

식당을 나서자 말도 안 되게 강한 바람이 불어와 걸치고 있던 옷과 안경을 날려버렸다. 미안한 마음을 갖고서도 고기를 다 처먹은 놈에 대한 형벌인 걸까. 저 멀리 날아간 안경과 옷을 주섬주섬 챙겨 숙소로 향했다.

# 6

## 봉 감독은 고기 넣을 계획이 다 있었구나

식품이나 요리 전공이 아니면서 고기에 대한 글을 쓰고 있는 것과 마찬가지로 영화에 대해 하나도 모르면서 영화 관련 글을 쓰고 있다. 몇 번 작업에 참여했던 영화 잡지 〈인덱스Index〉에서 잡지 완성 후 연락이 왔을 때 일이다. 필진 대담이 있을 예정이니 참석해 달라는 내용이었다. 잡지의 주제는 봉준호 감독의 〈플란다스의 개〉였고, 대담에 참석한 우리는 함께 영화를 보고 아파트라는 장소에 꽂혀서 관련된 이야기를 나누었다. 다른 참석자들과 이런저런 이야기를 이어가던 중, 머릿속에 갑자기 한 가지 생각이 떠올랐다.

'봉 감독은 음식을 좋아하는구나.'

봉준호 감독의 필모를 훑어보면 영화마다 대표적인 음식들이 떠오른다. 〈플란다스의 개〉에는 보신탕이, 〈살인의 추억〉에는 자장면, 〈괴물〉에는 라면이 나온다. 〈설국열차〉에는 양갱이 관객에게 충격을 선사하며, 〈옥자〉에서는 옥자 자체가 고기처럼 등장하고 최신작 〈기생충〉에는 니무나 유명한 채끝살 짜파구리가 등장한다. (감독 자신은 싫어하는 별명이라지만) '봉테일'답게 소품 하나하나까지 신경 쓴 티가 작품마다 역력한데, 주인공이 먹는 음식에 의미를 담지 않았을 리가 없다. 이렇게 영화 전반에 걸쳐 가장 인상적인 소품으로 등장하는 음식에 고기까지 들어 있다면, 내 시선을 사로잡는 것이 당연한 수순이다. (*이어지는 글에는 영화의 스포일러가 일부 포함되어 있습니다.)

영화 〈플란다스의 개〉는 아파트를 배경으로 개가 실종되는 이야기를 다룬 작품으로 지금의 봉 감독 작품들과는 사뭇 다른, 재기발랄함이 묻어나는 영화다. 극 중에서 경비원(변희봉 분)은 지하실에서 구해온 개를 푹 고아 먹는다. 개를 구하기가 어렵게 되자 장례까지 치른 주민의 반려견을 꺼내 깨끗이 손질하기도 한다. 스스로도 꺼림칙하긴 했는지 지하실에 사람들이 오지 못하도록 '귀신이 나온다'는 흔해 빠진 헛소문까지 퍼트리지만, 이렇게 어렵게 준비한 보신탕마저 부랑자(김뢰하 분)에게 빼앗기고 만다.

경비원의 보신탕은 지옥에서 발버둥치는 가련한 영혼의 마지막 식사 같은 느낌이다. 죄를 짓고 영원히 빠져나올 수 없는 불구덩이에 빠진 그는 다시 범죄를 저지른다. 하지만 지옥은 그리 호락호락한 곳이 아니었다. 또 다른 죄인이 나타나 원죄의 상징, 보신탕을 빼앗아 가니까. 먹고 먹히는 먹이사슬처럼 죄는 돌고 돈다. 그리고 지옥의 불구덩이 못지않은 그곳은 다름 아닌 아파트다. 개와 보신탕, 지금 다뤘다면 다소 자극적일 수 있는 소재를 그는 이렇게 소화한다.

나는 달짝지근하고 쫀득쫀득한 양갱을 어린 시절부터 좋아했다. 양갱은 팥으로 만드는 주전부리로, 알갱이가 남지 않도록 체에 거르고 끓이는 과정을 거쳐 완성되는 맛있는 간식이다. 하지만 〈설국열차〉에서 양갱은—여러분의 비위를 위해 순화해서 표현하자면—'단백질 덩어리'를 갈아 만든 것으로 나온다. 이 '프로틴 바'의 진실이 밝혀지는 장면이 나올 때면 관객들의 얼굴에는 커티스(크리스 에반스 분)의 표정이 오버랩된다.

관객들은 영화관을 나와서도 그 장면을 떠올리며 '더럽

다', '역겹다' 등의 반응을 쏟아냈다. 나도 뭔가 턱 하고 가슴이 답답해지는 느낌이 든 게 사실이다. (이 영화를 본 뒤로 나는 한동안 양갱을 끊기도 했다. 그러나 역시 맛있는 건 영원히 끊을 수 없었다.) 그러면서 다른 생각도 들었다.

음식물 재활용. 바퀴벌레를 음식물로 보기에 무리가 있지만, 영화 속 프로틴 바 역시 먹기에 부적절한 것을 재활용해 먹을 것으로 만든 결과임이 분명하다. 식재료가 넘치는 시대를 지나 언젠가는 먹을 게 부족한 시기가 올 수도 있다. 영화의 배경처럼 혹독한 빙하기를 맞이할 수도 있고, 좀비 아포칼립스가 펼쳐질 수도 있다. 어느 쪽이건 음식 구하기가 하늘의 별 따기가 되리라는 사실은 자명해 보인다. 봉 감독은 그러한 시기가 온다면 먹지 못하는 걸 먹는 걸로 바꿔야 한다고 말한다. 음식이 맛을 느끼기 위한 수단이 아니라 생존의 수단으로서만 존재하게 된 시기에 대한 고찰이다.

하루에 수천 톤의 음식물 쓰레기가 나오고, 그대로 땅에 묻힌다. 하지만 이와 별개로 지구 반대편에서는 먹을 게 없어 굶어 죽는 사람이 많다. 그들은 생존을 위해서 마실 수 없는 물을 마시곤 한다. 감독이 펼친 상상의 나래가 전부라고 하기엔 영화와 현실이 지독하게 맞닿아 있다.

영화 〈옥자〉에는 슈퍼 돼지 프로젝트와 주인공 옥자가 등장하고 〈기생충〉에는 누구나 한 번쯤 시도해 봤을 채끝살 짜파구리가 나온다. 두 영화에 나오는 돼지와 소는 여러모로 차이가 나는 식재료다. (옥자를 식재료라고 부르는 게 잔인하다고 하는 분도 있겠지만, 극 중에서 유통업자를 비롯한 많은 이가 옥자를 식재료로 본다.)

사람들은 조금이라도 더 많은 고기를 얻기 위해 더 크고 살점이 많은 돼지를 만들려고 옥자를 이용한다. 도살장으로 끌려가는 다른 돼지들을 보며 '그래. 옥자라도 살아남아야지' 하는 생각이 들었지만 살아남은 옥자를 보고 있자니 씁쓸한 기분도 들었다. '세상이 점점 더 많은 고기를 생산하는 와중에도 가난한 사람들은 고기를 먹을 수 없구나.' 돼지고기를 먹지 못하는 이들에 대한 안타까움이 옥자에 대한 연민을 앞서기 시작했다.

이런 감정은 〈기생충〉에서 더 커진다. 연교(조여정 분)는 아이들을 위해 가사도우미 충숙(장혜진 분)에게 짜파구리를 끓여달라고 한다. 그리고 당연하다는 듯이 짜파구리에 채끝살을 넣어달라고 부탁한다. 채끝살은 소 등심 쪽에서 나오는 고기로 양이 많지 않은 편이다. 기름에 골고루 둘러싸인 이 부위는 안심만큼 연하진 않지만 개인적으로 맛은 더 좋다고 생각하는 최고급 부위이기도 하다. 그런 부위를 따로 구워 먹거나 요리를 해 먹는 게 아니라 짜파구리에 넣어 먹는다니…. 한숨이 절로 나온다. 구운 삼겹살을 비빔라면과 함께 먹는 것도 사치라고 여기는 평범한 사람들에게 채끝살 짜파구리는 꿈도 못 꿀 발상이다. 물론 해 먹을 수는 있다. 하지만—적어도 내 생각엔—채끝살과 짜파구리를 따로 먹는 게 더 이득이다. 고기의 풍미를 짜장라면 향기에 묻어버릴 만큼 채끝살을 자주 먹지는 못하기 때문이다. 언뜻 보기에 비슷해 보이는 소와 돼지, 삼겹살과 채끝살을 비교하며 봉 감독은 고기에서 소득으로 이어지는 불평등을 표현했다.

고기 하나도 허투루 쓰지 않는 봉 감독의 세심함에 놀랐고 그 고기를 모두 포착한 나 자신에게 한 번 더 놀랐다. 그리고 이 모든 음식을 봉준호 감독이 직접 먹었을 가능성이 크다고 생각하고는 다시 한번 놀랐다. 완벽한 영화를 위해 차곡차곡 음식을 먹어온 듯한 감독님의 몸매. 아마 다 계획이 있었을 것 같은 느낌이 든다. 오늘은 아껴둔 비상금으로 채끝살을 사봐야겠다.

# 7 식용과 멸종 사이

2020년, 코로나19 바이러스가 전 세계를 강타했다. 확진자 수가 큰 폭으로 늘어날 때마다 아포칼립스 영화처럼 거리는 한산해졌고, 사람의 흔적을 찾기 힘들어졌다. 바이러스로 죽기 전에 밥줄이 끊겨 죽을 것 같다는 사람들도 많아졌다. 그렇게 나라 전체가 숨을 참는 듯하던 8월, 기사 하나가 내 눈을 사로잡았다.

「코로나19, 박쥐에서 발현해 천산갑 거쳐 전파된 것으로 보여」라는 제목의 기사였다. 코로나19는 여러 종류의 코로나바이러스를 가진 박쥐에게서 시작돼 중간 숙주 천산갑을 거쳐 인간에게 전염됐다는 이야기였다. 기사의 추정에 따르면 박쥐가 배설물 등을 통해 서식지 인근에 바이러스를 뿌렸고, 지나가다 바이러스에 감염된 천산갑을 인간이 판매 목적으로 시장에 가져오면서 전염병이 시작되었다.

특별한 경우가 아니라면 새로운 바이러스는 대부분 야생에서 순환한다. 어쩌다 감염된 동물이 인간에게 포획되고 그 과정에서 감염원에 접촉된 사람이 야생동물을 사고파는 시장에 나오면 바이러스는 전파되기 시작한다. 전 세계를 공포로 몰아넣는 범지구적 유행은 이렇게 시작된다. 물론 아직 명확하게 경로가 밝혀진 것은 아니다. 앞서 말한 바는 코로나19 바이러스와 천산갑, 박쥐의 코로나바이러스의 구조가 거의 같다는 점에 착안해 과학자들이 유추한 내용일 뿐이다.

비슷한 기사가 여럿 나오면서 코로나바이러스의 인간 전파의 가장 유력한 원인으로 천산갑 식용 문화가 꼽히기 시작했다. 그렇다. 중국인들에게 천산갑은 별미이자 없어서 못 먹는 고기다. 최근엔 먹는 사람이 줄었다고 하지만 여전히 수요가 많아 수입까지 하는 상황이다.

천산갑을 먹는 일부 중국인에게 시장에 나온 천산갑은 좋은 식재료이며 훌륭한 약재다. 우리 눈에는 괴이해 보이더라도 말이다. 이해하기 쉽지 않다는 이유로 그들을 비난한다면 이런 말이 돌아올 것이다.

"다 똑같은 고기인데, 왜 다른 고기는 먹어도 되고 천산 갑은 안 되나?"

틀린 말은 아니다. 일부 중국인들이 "사태가 진정되면 천산갑을 다시 먹을 것이다."라고 말하는 것도 비슷한 맥락으 로 생각된다. 박쥐도, 뱀도, 제비집도 중국에서는 귀한 식재료 일 뿐이다. 중국 특유의 음식 문화가 있고 그에 따라 특색 있는 재료들이 요리에 쓰인다. 이들로서는 수요와 공급이 문제이지, '왜' 먹느냐는 문제가 되지 않는 듯 보인다.

과거에는 귀족이나 왕족만 먹던 음식을 경제 수준이 상 승하면서 일반 사람들도 먹게 되었고, 그에 따라 수요가 늘어 났다. 천산갑을 비롯해 구하기 힘든 동식물 재료들은 중국 내 생산량으로 충당하기 힘들어 수입하기도 한다. 지난달 국제 뉴 스 영상에서 본 인도네시아의 한 마을 사람들은 중국에 수출하 기 위해 인공 제비집을 생산하고 있었다. 환경 파괴, 동물 학대 논란에도 엄청난 고수익을 내는 이 사업을 포기할 수는 없었 다. 먹는 행위가 산업을 만들고, 경제를 움직이고 있었다.

천산갑을 먹는 사람들은 경제적 관점뿐 아니라 문화의

관점에서도 문제가 없다고 주장한다. 그들은 천산갑을 약용 음식이자 인기 보양식으로 생각하고 있다. 중국 정부에서 '국가 2급 보호 동물'로 지정했지만 개의치 않고 먹는다. 예부터 먹어오던 음식이고 지금도 전통시장이나 가정집 식탁에서 심심치 않게 볼 수 있을 정도다. 깊게 뿌리내린 하나의 문화인 셈이다.

먹는 행위 자체를 비난하기는 쉽지 않다. 우리가 개를 식용으로 이용했던 것처럼 그들도 고기를 섭취하고 약으로 쓰기 위해 천산갑을 손질했다. 우리가 학교에서 배웠던 문화에 대한 열린 마음, 문화 상대주의의 관점에서 보자면 그들의 식용 문화는 나름의 이유가 있고, 유서 깊으며, 지킬 가치가 있는 문화일지도 모른다. 그들이 "천산갑 고기를 사랑하고 아꼈던 죄밖에 없다."라고 말한다면 뭐라고 대꾸해야 할지도 선뜻 떠오르지 않는다.

그러나 그들의 행위는 엄연한 범죄다. 과거에는 문화였을지 몰라도 지금은 불법 행위다. 천산갑 한 마리가 식탁에 오르려면 밀렵, 불법 거래와 유통, 식품위생법 위반 등 수많은 위법 행위를 거쳐야 한다. 불법 행위의 원인이 된 식용 소비 자체도 책임에서 자유로울 순 없다.

상기했듯 최근 중국의 경제 수준이 올라가면서 비싼 천산갑도 없어서 못 팔 지경이 됐다. 중국 내의 천산갑을 소비하는 것은 물론, 해외에서 천산갑을 밀렵해 수입하는 상황이다. 일부 지역에서는 수입 천산갑으로도 모자라 아프리카에서 천산갑과 비슷한 아르마딜로를 들여오고 있다고 한다. 중국 정부는 국내 밀렵뿐 아니라 해외 밀수품까지 신경 써야 하는 상황에 놓여 있다.

대체품이 있는데도 굳이 사라질 위기에 있는 동물을 먹어야 할 이유는 또 어디 있을까? 내가 무언가를 먹는 행위가 심각한 부작용과 피해를 일으킨다면 이를 극복할 다른 방법을 알아봐야 할 것이다. 고기를 섭취할 거라면 다른 고기를, 약용으로 쓸 거라면 다른 약재를 쓰면 된다. 이런 상황에서도 굳이 천산갑을 고집하는 사람은 범죄자가 되는 수밖에 없다.

천산갑 고기를 고집하는 행위는 환경보호 측면에서 봐도 문제가 있다. 천산갑은 한 번에 한 마리의 새끼만 낳는다. 잡으면 잡을수록 숫자는 급격하게 준다. 멀쩡하게 대를 잇던 생명체가 절멸 위기로 몰리면서 이와 연결된 생태계 전체가 심각하게 교란될 위험에 놓인다. UN과 세계 각국에서 멸종 위기종을 정하고 관리하는 이유도 여기에 있다. 중국 정부도 자연

보호와 종의 다양성 유지를 위해 천산갑을 국가 보호종으로 정하고 있다. 게다가 검증되지 않은 유통 체계로 인해 전염병까지 창궐했으니, 먹는 행위가 정말 무해한지 다시 생각해 봐야 할 상황이다. 문화라는 이름 뒤에 숨어 멸종 위기종을 먹는 게 정당한 행위인지 냉정하게 돌아봐야 한다.

코로나19가 아니었다면 그들이 천산갑을 먹든 말든 우리는 신경 쓰지 않았을 것이다. 전 세계 모든 사람이 저마다의 취향에 따라 다양한, 때로는 '이걸로 음식을 만든다고?' 싶은 재료를 요리해 먹는다. 우리는 그것을 '음식 문화'라 부르며 문제시하지 않았다. 하지만 그 행위가 심각한 부작용을 만들고 범죄와도 연관이 있는 것이라면? 문화라는 이름으로, 단순한 고기 사랑으로 넘기는 건 안 될 말이다. 먹어 치우는 모든 행동이 문화라면 식인종에게는 사람을 먹는 것도 문화가 될 테니까.

# 8 육식의 원죄

나는 '모두 육식을 그만두고 채식을 해야 한다'는 의견에 동의하지 않는다. 그렇다고 현재의 육식 생활과 육류 생산 시스템이 최선이라고 말하고 싶지도 않다.『고기의 인문학』과 함께 추천받은 제러미 리프킨의『육식의 종말』을 읽고 나서 관련 문제에 대한 고민은 더 깊어졌다.

채식주의자 C와 이야기를 나누면서 육식이 가야 할 길에 대해 생각해 봤다. C는 제러미 리프킨이『육식의 종말』에서 내놓은 주장을 정리해서 이야기했다. 인간은 수억 톤의 소고기를 얻기 위해 셀 수 없이 많은 소를 키우고, 인간이 먹어야 할 곡식을 소가 먹는다. 비정상적인 육식 생활과 육류 생산 시스템은 식량 문제를 넘어 환경 문제까지 야기하고 있다. 하루에 대형 경기장만 한 크기의 아마존 삼림이 사라지고 그 자리에 목초지가 조성되고 있다는 것은 초등학생들도 아는 상식이다.

육식 생활은 식량 문제, 환경 문제에 이어 동물권의 문제도 발생시키고 있다. C는 "소에게 곡물을 먹이는 건 폭력을 행사하는 일이야. 곡물 먹인 소의 80%는 암 질환을 겪고 있어."라고 말하면서 "육식 가공업자, 생산업자들이 육식을 하지 않으면 영양의 불균형이 온다는 말을 만들어 내거나 근거 없는 속설을 퍼트리면서 사람들의 판단을 흐리고 있지."라고 덧붙였다.

『육식의 종말』의 저자와 C의 주장에 100% 동의하는 건 아니지만 주된 의견에 대해 반박할 생각은 없다. 오히려 이야기를 들으며 공감 가는 내용이 많아 고개를 자주 끄덕였다. "우리 주변에서 목초지가 보이지 않는다고 환경 파괴와 비윤리적인 생산이 이뤄지지 않는 건 아니니까."라는 말로 그에게 동의를 표하기도 했다.

글을 쓰는 순간에도, 고기를 먹는 찰나에도 수많은 소, 돼지, 닭이 죽어 나가고, 공장에서 가공되고 있다. 영화 〈옥자〉의 한 장면처럼 육가공 공장은 거대한 묘지와 같다. 제러미 리프킨은 이에 대한 해답으로 육식 문화를 극복해야 할 때가 왔다고 주장한다. 그는 축산 단지를 해체하고 우리 식단에서 육식을 없애야 한다고 말한다. 사람에 따라 C의 말이나 리프킨의 주장을 '채식만이 답'이라는 식으로 해석할 수도 있겠지만, 개인적으로는 '육식에 문제가 많다'라는 메시지로 받아들였다. C와 나는 축산과 도축 시스템에 대한 문제점에 관해 대화했고, 이야기는 자연스레 육식 생활 자체로 넘어갔다. 내가 먼저 이야기를 꺼냈다.

"육식을 금하는 게 답일까?"

식량 문제는 충분히 공감할 만한 부분이다. 아프리카를 비롯한 여러 지역의 기아 문제는 심각하다. 가축 사육에 들어가는 곡물을 난민에게 제공하면 식량 문제가 해결될 가능성도 있다. 그렇게만 된다면야 정말 좋겠지만, 안타깝게도 국제 정치는 그렇게 순진한 방식으로 흘러가지 않는다. 식량이 있어도 자국의 이익을 위해 쌓아두고 썩히는 게 국제 관계니까.

그럼에도 심각성을 인정할 수밖에 없는 부분이 있다. 식량으로서의 고기 문제는 커피와 물의 관계와도 유사한 점이 있다. 현대인들은 커피를 즐겨 마시지만, 커피 소비가 늘어나는 만큼 지구상의 물은 줄어든다. 우리 앞에 커피 한 잔이 놓이기까지 140리터의 물이 들어가기 때문이다. 소비하는 인간의 수

가 빠르게 느는데 자원은 한정돼 있으니 고갈은 시간문제일지
도 모른다. 물론 여기서 '물'이란 '마실 수 있는 물'을 가리킨다.

　　환경 파괴도 식량 문제와 궤를 같이한다. 선진국 도심에
사는 사람 대부분은 자신들의 세계 바깥에서 어느 정도의 환경
파괴가 진행되는지 인식하지 못하는 경우가 많다. 북극곰은 바
다를 건너느라 말라버렸고 태평양의 물고기 뱃속에는 플라스
틱이 가득하다. 아마존뿐 아니라 전 세계 모든 열대우림이 파
괴되고 있으며, 그곳에 살던 생명체들은 서서히 멸종되는 중이
다. 그런데 이게 왜 중요하냐고? 문제는 이런 일들로 인해 나타
날 환경의 변화를 인간이 예측할 수 없다는 데 있다. 나는 종말
의 시계가 돌아가기 시작했다는 의견에 동의한다. 그리고 현재
의 육류 생산 시스템도 종말을 앞당기고 있는 원인 중에 하나
일 것이다.

　　그럼에도 육식 자체를 금해야 한다는 주장에 대해서는
선뜻 공감하기 힘들었다. 산업화가 진행되면서 농업의 근간
이었던 소가 트랙터에 자리를 빼앗겼고, 소는 말 그대로 고기
를 위한 가축으로 전락했다. 과거에 쉽게 맛보지 못했던 고기
를 항상 곁에 두고 먹을 수 있는 시대가 열리자 현대 사회는 그
수요를 감당하기 위해 더 약탈적인 시스템을 도입한다. 하지

만 육류의 대량 생산을 통해 '고기 섭취의 평등'이 이루어졌다는 점 역시 인정할 수밖에 없다. 현대 사회의 풍요로운 식생활은 넘치는 육류 공급을 그 바탕으로 한다. 누군가에게는 탐욕의 일면으로 보이겠지만, 다른 이에게는 풍요와 번영의 상징으로 비치는 부분이다.

반면 인간의 이기심으로 인해 소와 돼지는 하루하루 고통 속에 살고 있다는 C의 첨언도 들었다. 그는 약탈적인 시스템이 동물권에 영향을 주고 있다고 지적했다. 그의 말을 듣다 보니 얼마 전 장강명 작가가 칼럼에 쓴 글이 생각났다.

많은 사람들이 육류를 야채보다 맛있다고 느끼는데, 이건 우리 뇌에 새겨진 본능 같다. 더 열량이 높은 음식을 더 맛있게 느끼도록, 먹을 기회가 있으면 놓치지 않도록 진화한 것이다. (…) 문어는 다른 문어를 잡아먹는다. 사람한테 먹히는 것과 다른 문어한테 먹히는 것은 문어 입장에서 다른가? 파리·모기·바퀴벌레·시궁쥐는 어떻게 대해야 하나? 인간이 동물의 고통에 슬퍼하는 것은 사실 공감 능력의 부작용이거나 과도한 의인화 아닐까? (…) 고기 1kg을 생산하는 데 필요한 토지에서 10배가 넘는 콩을 수확할 수 있다. 그러니 우리가 육식을 멀리하면 굶주리는 이들에게 식량이 더 많이 돌아가게 된다. 그렇다면 이 논리의 연장선상에서, 기왕 육식을 할 거라면 넓은 땅을 쓰고 효율이 떨어지는 방목보다는 공장식 축산을 지지해야 하는 걸까?

- 「마음 읽기 | 다른 생명을 먹는 일」 『중앙일보』 2020.05.13.

마음 한편에서 좀 더 생명을 위하고 동물을 보호하는 쪽으로 대답해야 할 것만 같은 느낌이 들지만, 문제를 곱씹다 보면 마냥 그렇게만 답할 수는 없는 지점에 닿는다. 공감의 영역이 넓어지고 동물에 관한 과학적 지식의 범위가 확장될수록 우리는 동물권 이슈의 새로운 국면과 만나게 된다. 문어와 같은 두족류에 신경계가 있다는 논문이 발표된 후, 낙지탕탕이를 먹는 사람들을 비난하는 동물보호 운동가들의 의견이 뒤따르기도 했다.

장강명 작가는 "어떤 일이 도덕적으로 옳은 이유를 제대로 설명하지 못할 때 그 일을 한다는 이유로 도덕적 우월감을 느껴서는 안 된다."는 점과 "나의 불쾌함·불편함, 혹은 금욕에 대한 은밀한 열망을 섣불리 도덕과 연결시켜서도 안 된다."는 점을 강조했다. 상당히 공감 가는 말이다.

　　동물의 죽음 자체를 놓고 도덕적인 잣대를 들이댄다면 생태계에서 벌어지는 수많은 살생은 어떻게 설명할 것인가 하는 문제와 만나게 된다. 이 논쟁에 있어 논리적인 기준과 이성을 바탕으로 이야기를 진행해야지, 모호한 감성에 치우친다면 서로에게 '야만'과 '무지'를 낙인찍는 상황만 벌어지게 될 것이다.

　　육식의 전면적 금지 혹은 중단이 과연 실현 가능한 일인지도 고민해 볼 필요가 있다. 도박과 매춘, 마약과 알코올 등 인간 사회를 병들게 하는 요소는 많고, 인류의 대부분이 이를 통제하거나 금지해야 한다는 데 공감한다. 하지만 오늘날에도 전 세계 곳곳에서 상기한 행위들이 끊임없이 이어지고 있다. 국가와 사회가 통제하긴 하지만, 완전히 금지하기는 쉽지 않다. 결국 폐지된 미국의 금주법만 돌아보더라도 주류 유통을 금지하는 바람에 오히려 불법 주류 생산과 유통에 불이 붙었다. 애초에 잡식성으로 진화한 인간으로 하여금 육식을 완전히 그만두게 하는 건 쉽지 않은 과제일 것이다. 자꾸 고기에 손을 뻗는 이들이 무심하다기보다는, 자신의 신념에 따라 채식주의를 굳건히 지켜나가는 사람들이 대단하다는 생각이 드는 것도 그래서다.

"그러면 이런 문제가 있는데도 육식을 계속해야 한다는 얘기인가?" C가 물었다. 문제가 있는 걸 알면서도 행하는 건 논리적으로도, 이성적으로도 맞지 않는다. 하지만 인간이 본능을 완벽히 통제할 수 있는 존재인가 하는 부분까지 고려한다면 이야기가 조금 달라질 수 있다. 결국 우리는 비윤리적인 육류 생산 시스템, 그리고 야수처럼 무분별하게 육식을 즐기는 문화를 수정하는 데 초점을 맞춰야 할 것이다. 고기를 적게 먹는 것, 최대한 자연 상태에 가깝게 가축을 기르는 것, 대량 생산과 대량 소비에 따른 문제점을 줄여나가는 것이 모두가 지금 당장 동의할 수 있는 최선의 방법이라고 생각한다.

고기를 끊는 건 좀처럼 엄두가 나지 않지만 동물성 식품을 줄이려는 노력은 이어가고 있다. 최근엔 우유를 끊었다. 우유가 함유한 단백질과 지방은 우리 몸을 구성하는 데 필수적이지만, 이런 영양소가 우유에만 있는 건 아니기 때문이다. 게다가 그 양을 줄이는 게 내 건강에도, 환경에도 좋다니 해볼 만한 시도라고 생각했다.

육식을 할 것이냐, 말 것이냐. 참 어려운 문제다. 어느 게 정답이라고 정하기도 힘들다. 생각하면 할수록 고민할 부분이 더 많아지기 때문이다. "육식을 그만두겠습니까?"라는 질문에 망설이지 않고 "네!" 하고 답할 수 있을까? 쉽지 않을 것이다. 분명한 건 바로 이 순간에도 누군가는 고기를 먹고 있고, 수많은 가축이 식탁에 올라갈 고기가 되기 위해 도살장 앞에 줄을 서고 있다는 사실이다.

Chapter 3

고기 먹는 초식남

# 옥자를 보고도 삼겹살을 먹었어

초식남이지만 채식주의자는 아니다. 성격이 거칠거나 담대한 호걸 같진 않지만 고기를 좋아한다. 뭔가 언밸런스하지만 사실이다. 아는 맛이 무섭다고 TV에 고기가 나오면 입안에 그 맛이 맴돈다. 채식하는 분이 많은 요즘 "고기를 좋아합니다."라고 하면 뭔가 시대에 뒤떨어지는 느낌도 드는 게 사실이지만 그렇다고 해서 고기를 먹지 말라고 한다면 글쎄. 고기 종류 하나를 포기하라면 가능할 법도 하지만 모든 고기를 아예 끊으라고 한다면 자신이 없다. 영화를 봤던 그날도 비슷한 감정이었다.

영화 〈옥자〉를 보고 친구와 얘기를 나눈 적이 있다. 내가 "옥자 소리 생각나서 삼겹살 못 먹겠다."라고 하자 돌아온 친구의 대답은 "네가? 그거 며칠 가나 보자."였다. 친구는 역시 나를 너무 잘 알고 있었다. 옥자의 울음소리가 귓가를 맴도는 가 싶었는데, 일주일이 채 안 돼서 가족들과 함께 삼겹살 파티를 했다. 맛있게 한 상을 먹고 난 후 갑자기 상념에 빠졌다. '내가 잔인한 놈인 걸까? 아니면 그냥 다들 이런 건가?' 한참 고민하던 나에게 아버지는 "오늘 고기 맛이 좋지 않아? 고기가 쫀득했어."라고 하셨고, 나는 공감하며 고개를 끄덕였다.

그날 이후 영화를 한 번 더 봤다. 노트북으로 봤던 지난번과 달리 이번에는 극장에서 보기로 했다. 역시 화면이 커지니 감흥도 커졌다. 특히 엔딩 장면이 잊히지 않는다. 마지막 장면에서 옥자는 처절하게 소리를 지른다. 옥자의 울먹임을 따라 다른 돼지들도 구슬피 울어댄다. 극장을 가득 채운 소리에 사람들 모두 움찔했던 기억이 난다. 영화를 본 후 '이번에도 돼지고기를 맛있게 먹으면 내가 사람이 아니다!'라고 다짐했다. 그런데 이번에도 그 울음이 귓가에서 멀어지는 데는 열흘이 채 걸리지 않았다. 나는 사람이 아니었던 걸까.

내 주변에 채식하는 사람들은 가축 도살에 관한 다큐멘터리나 영화, 영상을 본 후 고기를 먹지 않게 됐다는 얘기를 많이 했다. 나도 다큐 영상은 물론, 실제 도살장에서 돼지를 잡는 장면도 본 적이 있는데 꽤 그로테스크했다. 죽이는 순간은 짧았지만 자신의 운명을 알고 공포를 느끼는 돼지의 멱따는 소리가 공간을 가득 채웠다. 〈옥자〉를 봤던 그때 그 극장에서처럼 말이다.

'그걸 알고도 먹는다고?' 싶을 수도 있겠지만, 솔직히 이제 그 장면이 잘 기억나지 않는다. 인간의 죽음이 아니어서 좀 무딘 마음이었을 수도, 식욕을 채우기 위한 이기심이었을 수도 있다. 이전에 불교 잡지에서 일할 때 인터뷰했던 큰스님께서 모든 생명에는 각자의 우주가 깃들어 있으니 귀하게 여기라고 말씀하셨지만, (적어도 나는) 그때뿐인 듯싶다. 그날도 발을 헛디뎌 개미 한 마리를 밟았었다.

삼겹살을 먹지 않겠다는 내게 "네가?" 하고 반문했던 친구 A에게도 비슷한 경험이 있었다. 휴가를 내고 집에서 쉬던 A는 우연히 케이블 채널에서 방영하는 영화 〈파닥파닥〉을 봤다. 바다에서 잡힌 물고기가 횟집으로 오면서 겪는 일을 담은 작품이었다. 나도 예전에 본 기억이 있는데 애니메이션임에도 몇몇 부분은 꽤 잔인했다. 물고기가 수족관에서 살아남기 위해 다른 물고기를 해치는 장면, 회를 뜨기 위해 물고기를 해체하는 장면 등은 처절하기 그지없었다.

　　녀석은 "한동안 회 못 먹겠다. 생선 눈만 봐도 가슴이 철렁할 거 같아."라며 2주 전부터 잡아놨던 물회 약속을 미뤘다. 그리고 열흘 뒤, 친구 집 근처 횟집에서 우리는 광어 대자를 주문했다. "대자 하나면 두 분이서 충분히 먹고 남을 겁니다."라는 횟집 사장님의 말에 A는 "고놈 참 실하게 생겼네요!"라며 맞장구를 쳤다.

　　곧 죽어도 고기를 안 먹을 거 같았는데 참 금세 잊는다. 『사피엔스』에서 유발 하라리는 "역사적 기록은 인류를 생태계의 연쇄살인범으로 보이게끔" 하고, "농부들의 확산과 함께 벌어졌던 멸종의 제2의 물결이 왔"으며, "동물의 가축화는 일련의 야만적 관행을 기반으로 이뤄졌고, 관행은 수백, 수천 년이 흐르면서 더욱 잔인해졌"다고 말한다. 특히 육식을 하면서 고기가 되는 동물들에게 박하게 굴어온 인류. 하지만 망각이 우리를 잔인하게 만드는 건지, 그냥 고기가 맛있는 건지, 알고 있어도 모른 척하는 건지 그 사실을 매번 깨닫고도 금방 잊고 산다. 분명한 건, 오늘 집에 가서 냉장고에 있는 소고기를 구워 먹을 거 같은 느낌적인 느낌이 든다는 것이다.

## 2
## 닭가슴살을 튀겨버렸다

"맛있으면 0칼로리~!"

방송인 최화정 씨가 음식 프로그램에서 뭔가를 먹을 때마다 강조하는 말이다. 물론 그녀처럼 자기 관리가 철저하고 날씬한 사람은 맛있게 한 끼를 먹고 나서도 부담이 덜할 테지만 쉽게 살찌는 체질인 사람들에게는 공허한 외침일 뿐이다. '맛있으면 0칼로리 그런 건 없어….' 예전에는 운동만으로도 감량이 가능했지만, 나이가 들수록 어림없는 얘기다. 식단 조절이 필요한 시기가 온 것이다. 부모님은 "단백질은 괜찮으니 고기 많이 먹어."라고 하시지만 이 세상에 100% 단백질로만 이뤄진 고기는 없다. 물론 고기가 곡물류에 비해 압도적으로 단백질 함량이 높은 건 분명하다. 그럼에도 운동 30%, 식단 조절 70%로 체중 감량에 들어가야 하는 사람으로서는 여간 신경 쓰이는 일이 아니다.

지인들은 저마다 성공했던 다이어트 방법을 추천해 줬다. 아쉽게도 듣는 방법마다 안 좋은 점이 눈에 먼저 띄었다. 원푸드 다이어트는 영양 불균형이 올 거고, 황제 다이어트를 하면 순식간에 콜레스테롤과 간 수치가 뛸 것만 같다. 밥을 안 먹자니 작업할 때 머리가 안 돌아가고 새하얀 것들(쌀, 빵, 면, 당류)을 입에도 안 댈 자신이 없다. 역시 방법은 하나뿐이다. 고루고루 섭취하되 양을 줄이고 배고프면 채소랑 과일을 먹는 것. 물론 기본 이상의 운동은 필수다.

다이어트의 첫걸음은 닭가슴살 구매로 내디뎠다. 30kg 넘게 뺐을 때 고구마, 감자, 삶은 달걀, 닭가슴살을 질리게 먹었던 기억이 있어서 한동안은 얘기만 들어도 몸서리가 났지만 어쩔 수 없었다. 그리고 시간이 흐르면서 이제 물린 게 좀 사라진 터라 체중 조절을 위해서라면 괜찮을 것도 같았다. 노트북을 켜고 닭가슴살 100개를 구매할 때만 해도 그렇게 굳게 믿었다.

예전에 닭가슴살을 샀던 전문 판매 사이트에 몇 년 만에 접속했다. 그 사이에 입소문이 났는지 최근에는 TV 광고까지 나왔다. 그들의 성장에 0.000001%는 일조했다는 흐뭇한 마음으로 광고를 보고서 사이트에 입장했다. 그들도 나를 기다린 모양이었다. 30% 할인권, 1만 원 할인권이 들어와 있었고 중복 할인까지 됐다. 예상 가격보다 3만 원 이상 싸게 구매해서 그런지 사진 속 닭가슴살 스테이크가 더 맛있게 보였다. 주문한 지 이틀이 지나고, 운동을 하고 돌아오니 집 앞에 거대한 박스가 놓여 있었다. 녀석이 온 것이다.

정리를 하고 보니 비어 있던 냉동 칸이 꽉 들어찼다. 곳간을 고기로 가득 채운 듯한 느낌에 뿌듯했다. 덤으로 레몬 소스가 왔는데 그건 딱 봐도 맛이 없을 것 같았다. 사실 닭가슴살 스테이크에는 약간의 지방과 탄수화물이 함유되어 있고, 간도 적당히 되어 있어서 간단히 데워 그냥 먹기만 하면 된다. 어떤 이유에서인지는 몰라도 삶거나 전자레인지에 돌리면 별로 그렇지 않은데, 기름을 두르고 구우면 고기 냄새가 진하게 나서 부담스럽다. 웬만하면 기름 더하지 말고 먹으라는 뜻일까. 이번에 받은 제품도 크게 다르지 않을 것 같아, 레인지나 끓는 물에 데워서 하루 한두 번 밥 대신 먹었다.

오랜만이라 그런지 물린다는 느낌은 없었다. 적당한 간 덕분에 그냥 먹기에도 좋았고 양도 부담스럽거나 부족하지 않았다. 운동 후 닭가슴살을 먹고 귀리가루 물이나 새싹보리 물을 마시니 온몸에 지방이 다 녹아 없어지는 듯한 느낌이 들었다. 물론 느낌만 그랬다. 배가 조금 들어간 거 같긴 했는데 아직 원하는 만큼 살을 빼려면 멀었다. 예전처럼 무리하게 운동할 수도 없고, 아무것도 먹지 않고 버티기도 힘들어서 천천히 하기로 했다.

닭가슴살 스테이크를 집에 놔두면 정말 출출하거나 탄수화물이 먹고 싶을 때 언제든지 대용품으로 활용할 수 있다는 장점이 있다. 너무 많이 먹다 보면 물릴 수도 있지만, 대부분 물리기 전에 원하는 만큼 다이어트에 성공하거나 주문량을 다 소비해서 새로 주문해야 한다. 닭가슴살 판매 업체도 영악해서 한 번에 물릴 때까지 먹이려고 하진 않는다.

그러나 닭가슴살 스테이크에도 약점은 있으니, 바로 조금만 손을 거치면 거창한 요리로 바뀔 수 있다는 것이다. 곧바로 완벽한 안주 하나가 탄생하는 셈이다. 아까 말했듯 냄새가 강해서 구워 먹거나 튀겨 먹는 일이 적긴 하지만 아예 없진 않다. 채소와 함께 튀기듯이 구워내면 치킨보다 더 맛있는 완벽한 순살 닭 요리가 완성된다. 취향에 따라 소스를 넣어도 되고 내 마음대로 채소를 추가해 그럴듯한 요리를 만들 수도 있다.

대부분의 스테이크 제품은 그릴에 구운 듯한 무늬가 찍혀 나오고, 그래서 가정용 프라이팬에 구워도 어쩐지 제대로 요리한 느낌이 난다는 것도 장점이다. 살 뺀다며 뭐 이리 장황하게 얘기하냐고 물으신다면, 솔직하게 답해야겠다.

"닭가슴살 스테이크 하나를 튀겨버렸습니다."

예전 같으면 술안주로 먹었겠지만 술보다 탄수화물이 당기는 날이었다. 3일 동안 탄수화물 섭취를 안 하다 보니 흰 건 모두 쌀이나 설탕으로 보일 만큼 몸이 탄수화물을 강하게 요구했다. 밥을 지어서 채소 무침과 간단히 먹으려고 했는데, 뭔가 부족했다. 단백질 반찬이 없었던 것이다. 그렇다고 달걀을 부쳐 먹기엔 2% 모자란 느낌이 들었다. (흔한 우스개로 달걀 프라이 하나를 내오며 "통닭 한 마리 나왔습니다."라고 하지만, 통닭과 달걀 프라이는 등가교환이 불가능하다. 닭 한 마리와 달걀 한 판 정도 돼야 겨우 교환을 고려할 수 있는 수준이다.)

어쨌든 그리하여 위에서 설명한 대로 닭가슴살과 채소에 약간의 밑간을 해서 볶음 요리를 만들었다. 치킨의 느낌을 주려고 스테이크는 튀기듯이 구웠다. 결과는 대성공이었다. 먹고 후회할 게 분명했지만 우선 맛있게 먹었다. 백종원 씨가 이걸 봤다면 분명 칭찬해 줬을 거다. 밥을 먹고 힘이 불끈 솟아서 평소보다 수 킬로미터를 더 뛰었다. 물론 먹은 양이 있으니 결과적으로는 평소보다 덜 운동한 셈이었지만, 그래도 마음만은 편했다.

"앞으로는 그냥 데워서 단백질 섭취용으로만 먹어야지." 라고 다짐했지만 확신하긴 힘들다. 신발도 튀기면 맛있다는데 튀긴 닭의 맛을 봐버렸다. 나는 판도라의 상자를 연 걸까?

## 3
# 싸구려 고기를 먹는다

이제는 해체해 추억 속의 이름이 된 그룹, 장기하와 얼굴들. 그들을 생각하면 가장 먼저 떠오르는 노래가 있으니 바로 「싸구려 커피」다. 노래 속 주인공은 싸구려 커피를 마셨을 때 나타나는 여러 가지 증상을 소개한다. 미지근해서 기분이 좋지 않은데 한 모금 마시니 속이 쓰리다. 와중에 바닥을 밟았는데 쩍 하고 달라붙었다 떨어지는 게 영 개운치 않다. 그러고 보니 이런 생활이 별로다. 그렇다. 화자의 이번 생은 망한 것이다.

조금 냉소적으로 보자면 '뭐 식은 커피 한 잔 마시고 인생 망한 것처럼 저러고 있어?' 싶을 수도 있다. 원효대사 해골

물처럼 화자는 그냥 처음부터 기분이 안 좋았을 확률이 높다. 기분이 상한 데다가 따뜻하게 마시려고 놔둔 커피까지 식어버렸으니 속이 쓰린 건 당연한 수순. 그다음에는 운동복을 질질 끌며 화장실에서 담배 한 모금을 물거나 휴대폰을 보며 힘을 주고 있을지도 모르겠다.

고기 얘기하다가 갑자기 웬 커피냐고? 싸구려 커피나 싸구려 고기나 기분 안 좋을 때 먹으면 속 쓰린 건 매한가지니까. 월급이 나와 지갑이 두둑하건, 돈이 없어 카드 한 장 들고 다닐 때건 기분이 좋건 나쁘건 뭔가 특별한 일이 있을 때면 나는 고기를 먹었다. 혼자 고기를 먹으며 술 마시는 행위를 남들은 혼술이라고 하겠지만, 나는 '혼고기'라 부르고 싶다. 술은 고기가 목구멍으로 잘 넘어가게 하기 위한 도구일 뿐 메인은 고기이기 때문이다. 안주 없이 술을 마실 거라면 강소주보다는 맥주를 한 캔 따서 영화를 보며 마시는 게 냄새도 안 배고 깔끔하다. 그 이상의 모든 수고로움을 감수하는 건 고기를 먹는다는 한 가지 목적을 위해서다.

수중에 돈이 많을 때는 비싼 고기, 적을 때는 싼 고기를 먹는다. 내 기준에 혼자서는 잘 안 먹게 되는 고기는 역시 회, 그중에서도 참치회다. 참치 횟집은 아무래도 옆에 누군가 있어야 선뜻 발을 들이게 된다. 가격도 가격인데, 혼자 가기에는 너무 고독한 미식가 같은 느낌이랄까. 나는 고독한 미식가보다는 고독한 잡식가에 가까우니 분위기도 안 맞고, 혼자 진득하게 오랜 시간 음미하며 먹을 깜냥도 안 되는 듯하다.

고기를 먹을 때면 정해둔 양을 지체하지 않고 먹는 편이다. 그래서 곰곰이 생각할 거리가 있거나 긴 호흡으로 무언가를 하는 도중에는 고깃집을 방문하지 않는다. 반대로 참치집은 뭔가 꼭 그래야만 할 것 같은 분위기다. 카운터 좌석에 앉아 셰프와 대화를 하거나, 중요한 사람 혹은 친한 친구와 다다미 깔린 방에서 이야기를 나눠야 할 것 같은 기분. 혼자 가기엔 도무지 적절하지 않다.

싸구려 고기, 아니 오해의 소지가 있을 수 있으니 저렴한 고기로 지칭하겠다. 저렴한 고기를 먹을 때는 혼자 가도 눈치 보이지 않는다. 특히 무한리필집이 그렇다. 무한리필 삼겹살은 물론 최근에 생긴 무한리필 갈비도 나쁘지 않게 즐기고 있다. 사람에 따라서는 품질이 많이 떨어지는 거 아니냐고 걱정할 수도 있겠다. 참고로 나는 모든 고기 맛을 다 구분해낼 정도로 미각이 발달한 편은 아니다. 다만 품질이 떨어지는 고기는 유독 도드라지는 잡내로 구별한다. 육질, 색 등 다양한 기준이 있겠지만, 확실히 품질이 높은 고기일수록 잡내가 덜하다. 어쨌든 싼 고기는 고기만 먹진 않는다. 술이 필요하다. 머피의 법칙일까? 지갑이 얇아 저렴한 고기를 먹으려고 할 때는 대부분 좋지 않은 일이 일어난 뒤라 어쩔 수 없이 술이 당기기도 한다.

우연처럼 안 좋은 일이 겹친 날, 무한리필 고깃집을 찾는다. 답답한 마음에 '고기나 실컷 먹어야지' 하는 마음으로 불판 앞에 앉았건만 그날따라 맛이 별로로 느껴진다. 어쨌든 2인분을 주문했고, 시킨 건 다 먹고 가야 하니 꾸역꾸역 넘긴다. '아, 술이라도 마시자'라는 생각이 머리를 스치자마자 아르바이트생에게 소주 한 병을 부탁한다. 알코올과 만나니 그나마 고기가 목구멍 뒤로 쑤욱 넘어간다. 소주 한 잔을 마시지 않았다면 내 속도 「싸구려 커피」의 주인공처럼 쓰렸을 테지. 그렇게 마지막 고기 한 점을 먹고 된장찌개에 손을 뻗는다.

집에서 먹을 때는 마트에서 유통기한이 얼마 안 남아 할인하는 고기를 사거나 정육점에서 비선호 부위를 구입한다. 가격이 상대적으로 저렴한 대신 역시 잡내가 나기 쉬운데, 이때 집에서 할 수 있는 가장 손쉬운 조치는 채소와 고기를 함께 양념에 재는 것이다. 과거 농사를 짓다 늙어버린 일소를 잡으면 생고기도 냄새가 나고 질겼다고 한다. 그래서 우리 조상들은 갈비, 장조림, 불고기 등 다양한 형태의 양념 요리를 통해 풍미를 끌어올리고 고기의 보존 기간도 늘렸다. 고기 자체의 고소함과 풍미를 즐기는 것도 좋지만, 저렴한 고기를 양념 맛으로 먹는 것도 그렇게 나쁘지는 않다.

고기를 먹을 기회나 시간은 예전보다 늘어났지만 우리는 여전히 싼 고기를 찾는다. 그리고 상대적으로 등급이 떨어지는 이 고기를 조금이라도 맛있게 먹을 방법을 고민한다. 싼 게 비지떡이라지만, 비지떡에 간장이라도 찍어 먹으면 좀 낫다는 걸 우리는 모두 알고 있다. 매일이 우아한 꽃등심일 수는 없다. 삼겹살과 소주 같은 날이, 그들이 꼭 필요한 날이 누구에게나 있게 마련이다.

# 비둘기 꼬치

채식주의자를 제외한 전 세계인이 사랑하는 고기가 하나 있다. 바로 닭고기다. 돼지고기를 금기시하는 무슬림도, 소를 신성시하는 힌두교도들도 닭고기만큼은 맛있게 먹는다. 그러니 치킨 케밥도 있고 탄두리 치킨도 있는 게 아니겠는가. 어쩌면 B와 D 사이에 있는 건 선택(Choice)이 아니라 치킨(Chicken)일지도 모르겠다.

우리나라에서도 닭고기는 둘째가라면 서러워할 만큼 사랑받는다. 동네마다 치킨집이 서너 개는 있다. 정확히 말하면 한두 블록에 치킨집 하나는 본 것 같다. 호프집에서도, 펍에서도 치킨을 파는 걸 생각하면 대한민국에서 가장 쉽게 접할 수

있는 고기는 치킨이라 해도 과언이 아닐 것이다. 게다가 맥주
와의 환상 호흡까지 발견해냈으니 한국은 그야말로 닭고기의
천국이다. 하지만 당길 때마다 치킨을 먹기엔 지갑에 부담이
된다. 학창 시절에는 부모님이 사주시지 않는 이상 치킨을 쉽
게 먹을 수 없었다. 그런 학생들에게 한 줄기 빛이 돼준 음식이
바로 닭꼬치다.

그 시절 분식은 '불량 식품'이라는 이름으로 불리곤 했
다. 분식집 사장님이 정성스럽게 만들었어도 정부에서 보기엔
불온한 음식이었던 모양이다. 그나마 떡볶이, 순대는 웬만한
대접을 받았지만 닭꼬치, 돈가스 꼬치 등에는 '나쁜 음식'이라
는 낙인이 찍혔다. 음지의 슈퍼스타였던 닭꼬치는 괴소문에 휩
싸이기도 했다. 중학교 2학년, 한창 예민할 나이. 친구는 내게
일루미나티급 음모론을 전해줬다.


- 닭꼬치가 왜 이렇게 싼 줄 알아?

- 글쎄?

- 요새 서울 시내에 비둘기가 줄었대.

- 그래서?

- 바보냐? 비둘기 잡아서 닭꼬치로 만드는 거래.

친구는 자못 의미심장한 말투로 발언을 이어갔다. 농림축산부의 식품 담당관이라도 된 것처럼 먹어보면 맛을 금방 알아차릴 거라고 말했다. 그러고는 500원짜리 닭꼬치를 집어 들었다. 흔들리던 녀석의 동공은 이내 얌전해졌다. 비둘기인지는 몰라도 맛은 기가 막혔던 것이다. 우리는 야무지게 어묵까지 먹고 집으로 돌아갔다.

1980년대에는 평화의 상징이라는 이유로 수많은 비둘기를 국가 행사에서 날리곤 했다. 당시 우리나라에는 비둘기를 잡아먹을 수리나 독수리, 매가 거의 없었다. 천적이 없는 비둘기는 마른 벌판의 들불처럼 번져나갔다. 녀석들은 식성도 인간과 비슷했다. 20년이 지나고, 그들은 '돼둘기', '닭둘기'라는 별칭으로 불리는 천덕꾸러기가 됐다. 어쩌면 누군가는 그런 생각을 했을 수도 있다. '저 처치 곤란한 녀석들을 먹어서 없앤다면?'

아예 말이 안 되는 소리는 아니지만 논리에 비약이 있다. 아무리 비둘기가 살이 쪘더라도 양계장에서 키우는 닭만큼 살이 많을 리가 없다. 도시를 전전하며 다니는 녀석들은 신경쇠약에 걸린 것 마냥 예민하고 먹는 것도 불규칙하다. 그뿐만 아니라 세균과 병원균의 온상인 비둘기를 아무리 잘 가공했다 해도 품질 검사에 통과하기란 쉽지 않을 것이다. 우리나라 방역과 식품 유통 체계가 그 정도로 호락호락하지는 않다. 하지만 친구의 말은 어린 내게 꽤나 설득력 있게 들렸다. 무엇보다 너무 쌌다. 내가 원하면 아무 때고 닭고기를 먹을 수 있게 해준 닭꼬치지만, 그만큼 의심이 들긴 했다. '내가 마음대로 닭고기를 먹을 수 있다고?'

지금도 닭꼬치는 싼 편이다. 많은 사람이 닭고기가 이렇게 싼값일 수 있냐고 의심한다. 하지만 닭꼬치에는 주로 중국, 브라질, 미국에서 수입한 저가의 닭고기가 쓰인다. 피카츄 돈가스로 불리던 고기 패티 꼬치와 함께 닭꼬치는 저가라는 이유로 이름 모를 소문의 희생양이 된 셈이다. 생각해 보면 닭고기를 사서 가공하는 것보다 비둘기를 잡아다가 조리하는 게 시간, 비용, 위생 측면에서 손해일 수밖에 없다.

그러면 비둘기는 왜 사라진 걸까. 나의 학창 시절 서울의 가장 큰 화두 중 하나는 한강 둔치와 청계천 고가도로에 몰려 있는 비둘기를 어떻게 정리할 것인가였다. 청계천이 복원되면서 당장 눈에 보이는 비둘기는 사라졌지만 그 숫자가 준 건 아니다. 오히려 서울 시내 곳곳으로 퍼지면서 더 큰 골칫거리가 됐다. 다행히 비둘기 집 놓기 같은 후속 조치가 있었고, 비좁긴 하지만 비둘기들의 공간이 마련되면서 우리 눈에는 덜 띄게 되었다.

논리적으로 접근하면 말도 안 되는 괴담이었지만 당시에는 이런 소문을 믿는 사람들이 꽤나 있었다. 닭꼬치와 돈가스 꼬치를 안 먹는 아이들은 '근본도 알 수 없는 곳에서 제조돼 분식집으로 왔다'는 이유를 들곤 했다. 닭꼬치는 비둘기로, 피카츄 돈가스는 쥐고기로 만들었다는 이야기였다. 그런 소문에 나 역시 반신반의했던 게 사실이지만, 그렇다고 외면하기엔 두 음식이 너무 맛있었다. 학생들의 주머니 사정을 고려해도 충분히 가성비가 좋은 음식이었다. 그 시절 나와 친구들은 입에 빨간 고추장 소스를 묻혀 가며 열심히 꼬치를 먹었다.

싸서 그런 걸까? 아니면 그냥 닭꼬치는 그렇게 치부해도 되는 존재여서 그런 걸까? 어쨌든 당대의 스타는 멍에를 안은 채 살아갔고, 나는 입대하면서 닭꼬치와 한동안 이별했다. 제대 후 어느 날, 친구와 한 꼬치 전문 술집에 들어섰다. 모둠 꼬치를 시키니 닭꼬치가 메인으로 나왔다. 우리 두 사람은 1만 원이 훌쩍 넘는 금액에 놀라고 코딱지만 한 양에 한 번 더 놀랐다. 다행히 맛은 좋았다. 하지만 아쉬운 마음이 드는 건 왜일까. 두툼하고 매콤하던 그 시절 '닭둘기 꼬치'가 생각나는 밤이었다.

# 5
## 닭다리의 룰

　　사람이 여럿 모인 자리에서 통닭을 주문할 땐 대부분 순살치킨을 시킨다. 뼈를 바르고 손으로 뜯다 보면 손가락에 기름이 묻기 쉽다. 물티슈로 닦아내면 되긴 하지만 애초에 포크로 깔끔하게 찍어 먹는 편이 깔끔하고 속 편하다. 누구는 다리를 먹고 누구는 못 먹으면 어색해지기 십상인데, 순살은 부위 나눌 걱정을 하지 않아도 된다는 장점도 있다. 이런저런 이유로 주로 순살을 시키는 최근의 경향 때문인지 예전보다 닭 다리와 가슴살, 날개에 대한 감각이 둔해진 듯하다.

　　그럼에도 뼈 있는 통닭을 고수하는 사람들이 내 주변에는 꽤 있다. '뼈 있는'이란 표현이 웃기게 들린다는 그들. 그들은 좋은 닭을 사용하는 집이 아니라면 순살 치킨은 자칫 퍽퍽할 수 있기에 뼈 있는 치킨을 먹는다고 말한다. 사실 나도 '그들' 중 하나다. 애초에 닭이 다리와 날개, 머리를 달고 태어났으니 치킨에도 다리와 날개, 몸통과 목이 있어야 한다는 게 내 지론이다. 순살 치킨이 먹기 편하긴 하지만, 약간 족보 없는 녀석 같은 느낌이랄까? 순살 치킨을 먹을 바엔 차라리 닭강정이 낫다는 생각도 든다.

'뼈 있는' 치킨에서는 닭의 모습을 한눈에 볼 수 있다. 조각난 치킨의 가슴살, 다리, 날개를 조합하다 보면 대충 한 마리겠구나, 하는 계산도 나온다. 사실 치킨집에서는 부위별로 따로 포장된 것을 반죽과 함께 조리하는 걸로 알고 있다. 그래선지 재래시장에서 한 마리를 통째로 튀긴 것과 치킨집의 닭은 모양이 조금 다르다. 어찌 됐든 상자 안에 모아두면 온전한 한 마리의 모습을 갖추니 그걸로 만족이다. 치킨집이건 재래시장 닭집이건 변함없는 건, 어떻게 튀기든 간에 다리가 두 개, 날개도 두 개라는 사실이다.

요즘은 치킨 한 마리에 다리나 날개 한두 개가 더 들어 있는 경우도 종종 있지만, 대부분의 치킨집은 웬만하면 2·2시스템을 고수한다. 하나 더 든 건 그러려니 하겠으나 하나 덜 든

건 물론 안 될 일이다. 내가 닭을 처음 먹던 시절부터 지금까지 변하지 않은, 닭을 파는 사업자와 치킨을 먹는 소비자 사이의 불문율이다.

특별한 경우가 아니라면 다리는 한 사람당 하나씩 먹는 게 예의다. 지금까지 함께 닭을 먹은 사람들 중에는 다리를 선호하는 이가 가장 많았다. 닭다리는 그만큼 인기가 좋고 소비도 많이 되는 부위다. 오죽했으면 굽네치킨에서는 다리만 모아서 '다리 세트'를 팔겠는가. 이런 경향은 외국이라고 다르지 않다. 아일랜드에 있을 때 만난 외국인 친구들도 치킨 다리를 가장 좋아했다.

날개도 좋아하는 사람이 많은 부위지만, 다리에 비교하면 아쉬운 면이 있다. 작은 뼈가 여러 개 있어 발라내기가 조금 까다롭고, 다리보다 살도 적다. '닭고기를 먹는 행위'에 있어 효용 가치가 가장 큰 부위는 누가 뭐래도 닭다리인 것이다. 대부분의 치킨 광고에서 모델은 닭다리를 뜯어먹는 모습을 보여준다. 통으로 구워 나온 오리나 닭, 칠면조는 도톰한 가슴살과 함께 하늘을 향한 다리를 강조해서 플레이팅 한다. 어떻게 보든 다리가 갑이다.

치킨 브랜드별로 사용하는 닭의 크기가 조금씩 다르긴

하지만 대부분 한 달 남짓 자란 영계(8호, 약 850g)나 조금 더 큰 닭(10호, 약 1,000g), 가장 큰 13호(약 1,300g) 사이에서 정해진다. 작은 닭이 큰 닭보다 연한 것으로 알려졌고, 같은 호수의 닭에서도 부위별로 식감이 조금씩 차이가 난다. 조리 기술의 발달로 흔히 퍽퍽하다고 생각하는 닭가슴살 부분도 과거에 비해 식감이 좋아졌지만 그만큼 다리 부분도 연하고 부드러워졌다. 닭의 크기, 전체적인 식감, 조리기술에 관계없이 닭다리의 쫀득함과 식감은 항상 우위에 있는 셈이다. 그러니 다리의 희소성은 여전히 유효하다.

'닭을 먹을 때는 선호하는 부위가 다른 친구와 먹는 게 좋다'는 이야기는 괜히 나온 게 아니다. 흔히 치킨을 먹는 자리에서는 다리를 사이에 둔 치열한 경쟁이 일어난다. 눈치싸움부터 선점까지, 다양한 형태의 전투를 테이블 곳곳에서 치른다. 외동으로 자란 나는 어릴 적 형제자매와의 닭다리 쟁탈전을 경험해 보지 못했다. 그래서 으레 '다리는 먹고 싶은 사람이 먹는 것'이라고 생각했다.

대학 시절 어느 날, 학회 선배들과 치맥을 하던 저녁이었다. 영롱한 기름에 조리되어 황금빛을 자랑하는 프라이드치킨이 나왔고 유난히 두툼한 다리가 눈에 띄었다. 나는 지금껏

해온 대로 다리를 먹고 또 먹었다. 그때 옆에 있던 선배가 "에이~ 다리를 두 개 다 먹는 건 반칙이지!"라며 핀잔을 줬다. 영문 모르고 순진하게 다리를 뜯던 나는 그저 죄송한 마음에 고개를 떨궜고, 농담 반 진담 반이었던 선배는 세상 미안해하는 내 모습에 오히려 당황했다. 그날 이후로 내게 닭다리는 '배려'의 상징이 됐다. 치킨을 볼 때마다 '내가 좋아하는 건 다른 사람도 당연히 원하는 것'이라는 가장 기본적인 이치를 되뇌곤 한다.

우리는 종종 고기의 살 많은 부분을 아끼는 누군가에게 내어준다. 생선의 몸통 살을 발라 밥 위에 놓아주곤 머리 쪽을 드시던 어머니나 살점 적은 닭의 목을 드시면서 자식들에게 다리를 양보하던 아버지가 그러했다. 어릴 적엔 '먹는 모습만 봐도 배부르다'라는 말이 와닿지 않았지만, 소중한 이의 만족하는 모습에서 행복을 느끼는 경험을 하고 보니 닭다리를 뜯는 자식의 얼굴을 보며 흐뭇해하던 부모님의 미소를 이해하게 됐다.

혼자 살기 시작하면서 치킨을 남기는 일이 많아졌다. 가족이 모여 살 때처럼 한 마리를 시키면 양이 너무 많은 것이다. 그래서 집 근처 전통시장에서 파는 옛날 통닭을 사 와서 먹곤 한다. 양도 적당하고 가격도 싸다. 맥주와 함께 먹는 옛날 통닭은 늘 꿀맛이지만, 내가 다리 두 개를 독차지하는 게 왠지 아쉽다. 다리를 나눌 사람이 필요한 걸까. 얘기를 나눌 친구가 필요한 걸까. 혹시 혼자 다리 두 개를 다 먹어버리는 스스로가 왠지 부족하게 느껴져서일까. 닭다리 하나에 생각이 많아지는 하루다.

# 비건 레스토랑에서 고기 찾기

고기에 관한 글을 쓰면서 지인들에게 연락을 많이 받았다. 그중에서도 채식을 선호하는 사람들에게서 연락이 자주 왔다. 그들은 "기왕 글 쓰는 거 비건 레스토랑에 가서 채식을 해보는 건 어때?"라고 권했다. 평소에도 채소는 많이 먹는 편이라 '채식을 하려고 비건 레스토랑에까지 가야 하나' 하는 생각이 들었다가 문득 비건이 먹는 고기가 궁금해졌다.

채식주의자들을 위한 식당에서도 대체육을 이용한 돈가스나 스테이크, 소시지 등을 판매하는 걸 TV로 본 기억이 났고, 우리나라에도 그런 곳이 있는지 찾아보기로 했다. 거의 모든 단톡방에 비건 레스토랑에 대해 문의한 나는 예상보다 많은 정보를 얻을 수 있었다. '나 말고 다른 사람들은 다 비건인가?'라는 생각이 들 정도로 많은 이가 관심을 갖고 있었다. 여러 군데를 추천받았는데 그중 이태원의 한 카페 겸 레스토랑을 찾았다.

하늘도 파랗고 바람도 선선하게 불어와 날씨마저 완벽했던 날, 혼자 신선놀음을 할 생각에 이태원으로 가는 발걸음은 경쾌했다. 사람 하나 없이 한적한 평일 오전이어서 골목은 조용했다. 주변 식당 주인들은 장사 준비를 마치고 손님이 오는지 확인하려고 문 앞에서 지나가는 사람들을 지켜보고 있었다. 도착한 식당은 동네 카페 같은 느낌이었다. 인터넷으로 봤을 때보다 조금 작았고, 음료와 함께 비건들을 위한 다양한 음식을 팔고 있었다. 하나하나 모두 맛보고 싶었지만 다이어트 중이라 딱 한 가지 메뉴만 고르기로 했다. 매의 눈으로 메뉴판을 스캔하던 중 '비건 함박스테이크' 여덟 글자에 시선이 멈췄다.

- 함박스테이크 주세요.
- 비건으로 드릴까요?
- 네.

채식주의자의 마음이 뭔지 다 알지는 못하지만, 그날 하루는 나도 고기를 먹지 않겠다는 마음으로 최대한 자연스럽게 주문을 했다. 사장님은 바로 조리에 들어갔다. 조그마한 팬에 준비해 둔 스테이크를 올리고 소스와 함께 굽기 시작했다. 감자튀김과 파인애플, 소시지도 눈에 띄었다. '저게 다 채소로 만든 거라고?' 하는 생각이 들 정도로 다채로웠다. 체감상 7분 정도 지난 후에 주문한 음식이 나왔다. 저녁 운동만 아니라면 맥주를 곁들이고 싶었지만, 고기 본연의 식감과 맛에 집중하기 위해 음료로 아쉬움을 달랬다.

준비를 마치고 테이블로 배달된 접시를 보며 사장님께 "스테이크는 어떤 재료로 만들어졌나요?" 하고 물었다. 채식하는 사람이라면 당연하게 알고 있었을 사실이지만 나는 잘 몰랐기에 조심스레 여쭤봤다. 사장님은 "두부, 버섯, 호박으로 만들어요."라고 명료하게 답해주셨다. 내가 주문한 스테이크는 식물성 고기로 만든 요리인 모양이었다. 처음 나왔을 때 맞닥뜨린 향과 색은 여느 스테이크와 다를 바 없었다. 일반 함박스테이크보다 고기 특유의 향이 적은 대신 소스 향이 짙게 배어 있었다.

조심스레 나이프로 고기를 썰어봤다. '스르륵' 소리와 함께 한 점이 잘려 나갔다. 일반적인 스테이크를 썰 때 나는 소리와 별 차이가 없었다. 칼질을 할 때 손으로 전달되는 감촉은 더 부드러운 듯도 했다. 썰고 나면 고기의 단면을 봐야 한다. 고기 스테이크처럼 굽기 정도―레어, 미디엄, 웰던―을 선택할 순 없었지만 전체적으로 잘 구워져 있었다. 스테이크 위에는 버섯과 당근 등 여러 가지 토핑이 올라가 있었는데 첫 한 입은 이 모든 걸 옆으로 치운 채 고기만 집어넣었다.

식감도 맛도 나쁘지 않았다. 고기 특유의 냄새는 없었으나 맛은 영락없이 고기였다. 비건 스테이크가 어떻게 생겼는지 궁금해서 굳이 비건 레스토랑을 찾아온 것도 있지만, 사실 진짜 스테이크랑 얼마나 똑같은지 한번 봐야겠다는 마음도 있었다. 그래봤자 가짜 고기겠지, 하는 오만한 생각이 없었다면 거짓말이다. 그러나 그런 편견은 먹자마자 싹 사라져 버렸다. 감자튀김도 식물성 기름으로 조리해서 그런지 좀 더 담백했다. 흔히 먹는 감자튀김은 바삭하면서도 어딘가 모르게 딱딱한 느낌이 있다. 반면 스테이크와 함께 나온 이 감자튀김은 부드럽고 고소했다.

너무 칭찬 일색인가? 그에 비하면 소시지는 조금 아쉬운 감이 있었다. 색과 향은 스테이크처럼 고기의 모습 그 자체였지만 식감은 조금 아쉬웠다. 소시지 특유의 쫀득함이 덜한 느낌이었다. 고기를 자르는 느낌보다는 식빵을 손으로 찢어 먹는 감촉에 가까웠다. 그럼에도 대체 육류의 첫인상은 전반적으로 기대 이상이었다. 모든 고기가 이 정도 수준으로만 나온다면 만족하며 먹을 수 있겠다는 생각이 들었다. 육류를 먹고 나면 따라오는 더부룩함도 덜했다.

우리는 콩고기를 비롯한 식물성 고기와 배양육을 '대체 육류'로 부른다. 식물성 고기는 콩, 버섯, 호박 등에서 추출한 식물성 단백질로 만든 육류를 말한다. 콩고기는 이와 같은 식물성 고기의 초기 형태다. 십수 년 전 콩고기를 처음 맛본 지인들은 잡내가 많이 난다고 평가했지만, 최근 출시되는 식물성 고기는 맛과 색, 식감 등에서 일반 고기와 차이가 적다.

식물성 고기와 함께 인기를 끌고 있는 게 배양육이다. 소, 돼지, 닭 등 가축의 줄기세포를 추출해 인공적으로 배양한 후 고기 색을 입혀서 육가공품으로 유통하는 형태를 말한다. 2017년 3월 세계 최초로 닭고기 배양육을 만든 미국의 멤피스 미트Memphis Meat는 닭고기 배양육으로 만든 미트볼을 블라인드 테스트했다는 내용의 기사로 화제가 된 바 있다. 배양육 미트볼을 먹은 참가자들은 대부분 "고기 맛이 난다.", "잘 만든 미트볼의 맛이다."라고 평가했다. 식물성 고기가 식물성 단백질로 이루어진 반면, 배양육은 동물성 단백질로 만들어져 영양소에서도 실제 고기와 차이가 없는 것이 가장 큰 장점이라고 할 수 있다.

대체 육류는 확실히 장점이 많은 식재료다. 물론 고기가 갖는 특성을 완벽히 나타내기는 쉽지 않겠지만, 개인적으로는 90% 이상 재현에 성공했다는 생각이 들었다. '이건 고기가 아니다'라는 생각으로 눈에 불을 켜고 차이점을 찾으며 먹지 않는 한 보통의 고기 맛으로 느껴진다.

이처럼 맛과 색, 향 등에서 식재료로 가치가 있다면 대체육으로 기존 육류를 대체하는 걸 긍정적으로 고려해봐야 하지 않을까 싶다. 인류가 농경을 시작한 이래 축산업도 문명과 함께 성장해왔지만, 이전 글에서도 언급한 것처럼 공장제 사육 시스템과 도축 형태는 자연에 무리를 주고 있다. '사람이 소비할 쇠고기 1kg을 위해 소는 12~14kg의 곡물을 먹는다'는 사실은 이제 환경운동가가 아니더라도 다 알고 있는 상식이 됐다. 육류 소비가 늘어날수록 가축을 키울 목초지가 더 필요해지고 삼림은 깎여 나간다. 인간이 먹을 식량이 부족한 상황에서 축산업을 위해 그렇게 많은 곡물을 소비하는 것도 크나큰 낭비처럼 비친다. 하지만 대체 육류는 축산업이 필요 없다. 소비자 입장에서는 환경과 맛, 가격을 고려하며 취사선택할 기회의 장이 열리게 된 셈이다.

딱히 동물 복지에 관심이 없더라도 대체 육류는 한 번쯤 체험해봤으면 하는 식재료다. 문명이 발전하면서 인간은 더 많은 이들, 많은 생명체와 함께 살 수 있는 방안을 모색하고 있다. 과학 기술이 모든 것의 정답은 아니지만 꽤 많은 문제의 해결책이 되었던 과거를 볼 때, 공장식 축산업과 도축 시스템이 야기하는 환경 파괴를 대체 육류는 어느 정도 보완할 수 있으리라 본다. 스테이크를 양껏 먹고 글을 쓰는 지금도 속이 편하다. 여러분도 조만간 든든하면서 소화도 잘되는 대체육에 도전해 보는 건 어떨까? 언젠가 모두 하게 될 거라면 먼저 해보는 것도 나쁘지는 않을 테니까.

# 7

## 올봄에는 도다리를 먹을 수 있을까?

"광어랑 도다리, 구분할 줄 알아?"

여느 날처럼 친구 A와 회를 먹던 그때, 갑작스러운 질문에 적잖이 당황했다. 그동안 회를 먹을 줄만 알았지 구분할 줄은 몰랐기 때문이다. "눈이 뭐 반대로 있다고 하던데…. 그냥 먹으면 안 되나."라고 얼버무리는 내게 친구는 "그래. 광어나 먹자." 하고 답했다. 순간 '도다리를 구분할 줄 모르는 놈과는 대거리하지 않겠다는 뜻인가' 하는 생각이 스치기도 했다. 어쨌든 그날 광어는 숙성이 잘 돼서 맛있었고 덕분에 소주가 술술 넘어갔다.

거나하게 한잔한 다음 날, 도저히 궁금해서 견딜 수 없던 나는 초록 창에 '도다리'와 '광어'를 입력했다. "도다리와 광어는 모두 얼굴이 한쪽으로 몰려 있다. 광어는 얼굴이 몸의 왼쪽에, 도다리는 오른쪽에 있다."라고 적힌 글이 눈에 띄었다. 내용을 보고 나니 어처구니가 없었다. 굳이 외우고 다닐 필요가 없으니 신경 쓰지 않았는데 이 쉬운 내용을 몰라서 망신을 당할 거라고는 생각도 못 했다. 하지만 횟감만 보고 도다리와 광어를 구분하는 일은 여전히 어렵다. 여기에 가자미까지 더해지면 구분할 수 있을까. 하…. 그냥 횟집 사장님이 주는 대로 먹어야겠다.

A와의 가장 최근 추억은 벌써 3년 전이다. A는 결혼한 이후 항상 함께하던 회모임에 나오기가 힘들어졌다. 나는 회 메이트였던 A와 봄에는 도다리, 여름에는 민어, 가을에는 전어, 겨울에는 방어, 가끔 홍어와 물회, 참치를 먹곤 했다. 계절마다, 중요한 순간마다 함께한 A와 회는 내게 일상의 한 부분이기도 했다. 하지만 결혼하고 나서 친구는 회 먹는 횟수를 줄일 수밖에 없었고, 둘이 만나 먹는 건 그야말로 하늘의 별 따기가 됐다.

지난해 친구 C의 청첩장 모임이 있던 날, A의 아내는 만삭이었다. 장모님을 댁으로 모시고 온 후 도착한 그는 "오늘은

제발 날것 좀 먹자."라며 깊은 한숨을 쉬었다. 아내가 예전부
터 회를 안 좋아하는 데다가 임신 후엔 날것을 전혀 먹을 수 없
어 한동안 화식火食만 먹었다고 했다. 약속 장소 인근에 맛있는
횟집이 없어 육회로 대신했지만, 녀석은 맛있다며 고기를 면치
기 하듯이 마셨다. 안쓰러운 기분과 좀 더 먹이고 싶은 마음이
함께 들었다. 친구가 좋아하는 생선회와 쌈이 아니라는 사실도
아쉬웠다.

　　우리는 친구답게 회라면 세트로 환장했다. 회를 좋아하
는 데도 여러 이유가 있겠지만, A와 나는 회에 인생이 담겨 있
는 것 같아 더 좋다는 데 합의를 본 사이다. 어떤 이들은 초고
추장이나 간장을 푹 찍어 장 맛으로 회를 먹는다고 말하지만,
그건 회 맛을 잘 모르는 사람들이 주로 선호하는 방식이다. 회
를 장에 찍지 않고 차분히 씹다 보면 고소한 생선 살의 맛이 올
라온다. 둔감한 사람은 느끼지 못할 수도 있겠으나 그래도 은
은하게, 씹을수록 고소하게 입안을 가득 채운다. 꼭 일상 같다
고 할까. 일상은 너무나 평범해서 그 즐거움을 모르고 지나칠
때도 있지만, 알면 알수록 중요한 존재로 다가온다. 회도 마찬
가지다. 살의 부드러움과 고소함을 느끼려고 노력하다 보면 어
느새 그 매력에 흠뻑 빠지게 된다.

회가 일상이라면 장은 일상에서 벗어나는 일탈이다. 쌈 채소 위에 회를 한두 점 올린 다음 장을 더하거나, 회 한 점을 장에 찍어 입으로 가져간다. 이 작은 '킥'을 통해 편안함과 루틴에서 벗어나 새로운 맛을 경험하게 된다. 톡 쏘는 초장 같은 인연도 있을 테고, 간장같이 부드러운 상대도 있을 테다. 가끔은 쌈장처럼 독특한 경험을 통해 성장하기도 한다.

회만큼 중요한 것이 그의 파트너인 술과 쌈이다. 이 둘은 일상만큼 비중 있는 '쉼'으로 표현하고 싶다. 일상과 일탈을 온전히 즐기려면 체력이 필요하다. 운동이나 식단 조절을 통해서도 체력을 얻을 수 있지만, 충분히 쉬는 것보다 더 좋은 방법은 없다. 정신적인 휴식도 여기에 포함된다. 술을 통해 안식을 찾기도 하고 쌈처럼 일상을 감싸며 육체적인 안락함을 얻을 수도 있다. 쌈이나 술 모두 회를 부드럽게 넘겨 속에 가는 부담을 줄여준다. 여러모로 필요한 존재다.

회를 좋아하다 보니 계절마다 제철 회를 먹는 게 과제가 됐다. 가을의 전어만큼 맛있는 게 있다면 바로 봄 도다리일 것이다. 최근엔 문치가자미와 도다리의 구분이 거의 없어졌지만 문치가자미든 도다리든, 그 쫄깃함과 고소함은 다른 생선들이 따라올 길이 없다. 뼈가 연해 뼈째 썰어서 먹기도 하는 도다리.

쑥과 함께 끓여 먹는 도다리쑥국도 별미지만 국으로 먹을 도다리가 대체로 내겐 남아 있지 않다.

 A와 함께 제철 회를 기다리는 시간은 복권 당첨 발표를 기대하는 일만큼 즐거웠다. 그런 사람들이 3년 동안 회를 제대로 먹지 못했으니 안달이 날 만도 했다. 생각하니 피식 웃음이 새어 나왔다. 친구는 지금 육아로 정신없이 바쁘다. 바라는 게하나 있다면, 곧 다가올 봄에는 녀석과 도다리를 먹으면서 그동안 쌓인 이야기를 푸는 것이다. 일상의 모든 순간이 소중해지는 시기라서 그런지, 확신보다는 불안한 마음이 앞선다. 우린 올봄에 도다리를 먹을 수 있을까?

chapter 4

인생은 고기서 고기다

# 감자탕 등뼈 같은 사람

비 내리는 날이면 사람들은 특별한 음식을 찾는다. "막걸리에 파전이 땡겨."나 "어묵에 사케나 한잔할까?"가 흔히 나오는 대사다. 나도 크게 다르진 않지만 비가 잔잔하게 스며들듯 바닥을 적실 때 가장 생각나는 음식은 따로 있다. 감자탕이다. 어제도 약속이 끝나고 집으로 돌아오는 길에 있는 24시간 감자탕집을 한참이나 쳐다보다가 꾹 참고 귀가했다.

대학에 다닐 때는 밤을 새우고 해장할 겸 감자탕집에 들르는 일이 자주 있었다. 밤을 새우고 먹기에 순댓국은 좀 부담스럽고 콩나물국은 뭔가 허전했다. 국물도 좋고, 고기를 발라내면서 남아 있던 술기운을 깰 수 있는 감자탕이 좋았다. 게다가 밥까지 볶아주니, 먹는 이에게 이보다 완벽한 탕이 있을까 싶을 정도다.

처음 만난 이후로 간간이 만남을 이어오던 감자탕과 나의 관계는 5년 전부터 끊겼다. 뼈해장국을 먹은 적은 있지만 널찍한 냄비에 수북이 담긴 등뼈와 알이 굵은 감자를 본 지는 한참 됐다. 돌이켜보니 그 무렵부터 연락이 끊긴 지인이 떠오른다. 그도 감자탕을 좋아했다. 서로 감정이 상해 연락이 끊겼고, 딱히 지금 와서 연락을 하고 싶지는 않은 사람. 그런데 어떻게 지내고 있는지 궁금하긴 한 사람. 마치 감자탕의 등뼈와 고기 같은 존재였던 그 사람이 생각난다.

한때 친하긴 했지만 지금 시각에서 보면 성인지 감수성이 심하게 부족한 사람이었다. 스스로 마초라고 불렀지만 그다지 남자답지도 못해 지질한 구석이 많았다. 돈이 많은 집안 출신이라고 자랑했는데 알고 보니 그렇지도 않았다. 똑똑했지만 교활한 사람이기도 했다. 그래도 나름 도움이 될 때가 있어 서로 연락은 주고받던 사이였다. 하지만 시간이 갈수록 그의 정체를 알 수가 없었다. 어디서 왔는지, 어떤 사람인지, 속에 어떤 생각을 품고 사는지 말이다. 마치 감자탕의 유래처럼.

감자탕은 '감자'라는 단어 때문에 말이 많은 음식이기도 하다. 어떤 이는 등뼈의 척수 부분을 감자라고 불러서 감자탕이 됐다고 말하고, 다른 사람은 탕에 들어가는 돼지 등뼈가 밭에서 감자를 캘 때 주르륵 함께 올라오는 모양새를 닮아 '감자'로 불렸으며 그런 감자(등뼈)가 많이 들어간 탕이라서 감자탕이라는 이름이 붙었다고 주장하기도 한다. "감자탕인데 감자(채소)가 왜 없냐."라는 항의에 뿌리채소인 감자를 통째로 넣으면서 지금의 형태가 되었다는 설도 있다. 뭐가 됐든 감자탕은 근본 없는, 정체불명의 음식이다. 그래도 맛은 좋다. 아쉬운 점을 꼽으라면 고기 양보다 뼈가 더 많고, 고기를 먹기 위해 노력을 많이 들여야 한다는 점이다.

인간관계에도 감자탕의 등뼈와 고기 같은 사람들이 있다. 딱히 필요하지는 않지만 없으면 뭔가 허전하고, 궁금해서 만나면 역시 실속이 없는 존재들. 20대에는 사람을 가리지 않아서 그런지 감자탕 등뼈 같은 사람들을 많이 만나고 다녔다. '언젠가 도움이 되겠지'라는 생각으로 말이다. 물론 그들을 만나면 재미는 있다. 즐겁다는 느낌은 아니지만 심심하진 않으니까. 다만 헤어지고 나면 휑한 느낌을 받는다. '굳이 시간과 노력을 들여서 만날 만한 상대였는가'라는 생각도 든다. 고기는 조금인데 거대하게 쌓인 등뼈를 보면 뭔가 짓눌리고 질리는 기분처럼 말이다. 감자탕의 고기는 조미료처럼 있으면 좋지만 없어도 무방한 느낌이다. 그리고 너무 많이 먹으면 질린다. 몇 년 전 연락이 끊긴 그도 좀 질리는 사람이었다.

인간관계를 모두 손익의 관점에서 판단할 수는 없지만, 얻는 것에 비해 들이는 노력이 너무 많다면 한 번쯤 고민하게 된다. 어떻게 하다 보니 감자탕을 끊게 된 것처럼 그런 부류의 사람들과는 자연스레 연락이 끊겼다. 사람은 저마다 달라서, 뼈가 거추장스러워도 누군가는 꾸준히 감자탕을 먹을 것이고 나처럼 이미 많이 먹어 질렸다면 한동안 끊고 살 수도 있다. 어찌 됐든 감자탕집은 항상 거기에 있을 테고, 우리는 감자탕이 당길 때 식당을 찾으면 그만이다. 피곤하고 질리는데 굳이 인연을 유지하며 살아야 할까. 가뜩이나 할 일도, 만날 사람도 많은데 쓸데없는 곳에 힘 쏟고 싶지 않다.

그래도 감자탕이나 그 사람들이나 가끔 생각이 나긴 한다. 감정이 긍정적이고 부정적이고를 떠나, 순수하게 어떻게 살고 있나 궁금하다. 원수같이 헤어졌던 이는 알아서 망했으면 좋겠고 그래도 좋은 관계였다면 어디에서 잘살고 있길 바란다. 어차피 나는 발라낸 등뼈처럼 인연을 정리했으니까.

# 삶의 처음과 끝에 탕수육이 있었다

"이사할 때는 중화요리지."

많은 사람이 이사를 하고 나서 배달음식, 그중에서도 중화요리를 시켜 먹는다. 짜장면 한 그릇과 탕수육, 서비스로 함께 온 군만두까지 먹으면 풀었던 이삿짐을 다시 쌀 수 있을 것 같은 힘이 생긴다. 이렇게 새집과 함께하는 시작의 시기에 중화요리는 우리 곁에 있다.

졸업식이라는 마무리의 장에서 중화요리가 다시 등장하니, 시작뿐 아니라 끝도 함께한다 하겠다. 요즘은 고기를 구워 먹는 사람들도 많아졌지만 중화요리는 여전히 졸업식 뒤풀이의 스테디셀러다. 짜장면이나 짬뽕 한 그릇에 요리를 시켜 나눠 먹으면 그야말로 꿀맛이다. 물론 내 앞에 있는 짜장, 짬뽕보다 함께 먹는 요리를 먼저 공략해야 조금이라도 더 먹을 수 있다. 그래도 지켜야 할 매너가 있다. 탕수육이나 깐풍기 마지막 조각이 남았다면 그날의 주인공인 졸업생에게 양보하도록 하자.

중화요리 중에서 가장 좋아하는 고기 요리를 꼽으라면 나는 1순위로 탕수육과 고추잡채를 고른다. 동파육이나 오향장육 같은, 고급스럽고 가격도 많이 나가는 고기 요리를 먹을 때 느끼는 기쁨도 좋지만 두 음식은 동네 중화요릿집에서는 잘 취급하지 않는 메뉴다. 그런 요리를 먹기 위해서는 큰맘 먹고 유명 맛집으로 가야 하는데, 나는 맛집을 찾아다니는 성격도 아니고 웬만해선 시간과 노력을 들여가면서 음식을 기다리지 않는다. (물론 가끔 예외도 있지만 그건 아주 특별한 경우다.) 멀리 있는 유명 식당보다 집 근처 맛집을 발굴하고 자주 들르는 편이 즐겁다. 일상과 함께하는 요리가 좋다. 그런 면에서 탕수육은 맛도 좋고 접근성도 좋은, 편안한 요리다.

탕수육은 어느 중국집에서든 찾아볼 수 있다. 튀긴 고기를 따로 먹어보면 조리장의 실력을 가늠해볼 수 있고, 특별히 더 잘하는 집이 있긴 해도 평균적인 맛이 있어 어딜 가도 크게 실패할 확률은 낮다.

한편 '탕수육' 하면 자동으로 부먹, 찍먹 논쟁이 떠오른다. 사실 부어 먹건 찍어 먹건 크게 상관없다. 평소 먹는 방식과 다르게 해서 맛이 달라졌다고 느낀다면 기분 탓이다. 소스와 튀김을 따로 가져다주는 건 배달하다가 생긴 고육책이다. 섞어서 가져다주면 눅눅해지기 때문이다. 탕수육이 가장 맛있는 건 직접 식당에 가서 소스와 튀김을 함께 볶아 바로 먹을 때다. 부먹, 찍먹보다 볶먹이 훨씬 맛있다.

중화요리 가운데 고기가 주재료인 요리의 대표 격이지만 그렇다고 늘 메인 자리를 차지하는 것은 아니다. 오히려 탕수육이 짜장면과 짬뽕의 러닝메이트로 식탁에 나올 때가 많다. 일반적으로는 요리가 주가 되고 식사는 부가적인 메뉴가 되는데, 탕수육과 짜장면, 짬뽕은 이 주와 부가 바뀐 경우가 많다. 중식당에서 짜장면이나 짬뽕만 시키는 손님은 있어도, 탕수육만 시키는 손님은 드문 이유이기도 하다.

탕수육은 평범하고 대중적이면서도 독특한 위치를 차지한다. 중화요리를 바라보는 사람들의 시선은 대체로 탕수육에도 그대로 적용된다. '탕추리지糖醋里脊'를 한국인 입맛에 맞게 변형한 한국 음식임에도 외국 음식처럼 여겨지고, 고기로 만든 고기 요리임에도 튀김 요리, 소스 요리라는 인식이 더 강하다. 항상 식탁의 가운데를 차지하면서도 짜장면이나 짬뽕의 곁들임 음식이 되는 처지와 좀 닮았다고 할까.

졸업식 같은 특별한 날에 탕수육을 먹는다지만 다른 요리에 비해 대접을 못 받는 경우도 많다. 요리를 먹더라도 탕수육을 시키면 뭔가 폼이 나지 않는다. 고급 중식당에 갔다면 더욱 그렇다. 동파육이나 어향가지, 송이전복, 샥스핀 같은 걸 시켜야 좀 있어 보인다. 중화요리 가운데 싼 편에 속하는 탕수육. 대중적이면서도 여러모로 독특함을 뽐내는 탕수육. 그래서 나는 녀석이 좋다. 아웃사이더는 아웃사이더를 알아본다고 하지 않던가. 탕수육에서는 진한 '외부인의 향기'가 느껴진다.

새로운 지역에 처음 발을 들이면 가장 먼저 하는 것이 어느 식당이 맛있을까, 눈을 크게 뜨고 찾아보는 일이다. 남들이 다 맛있다고 하는 곳 말고 내가 혼자 찾아봤는데 괜찮은 곳이라면 애착이 더 생긴다. 5개월 전 이사를 오고 나서 가장 먼저 눈에 띈 것도 국수거리의 간판이었다. '공릉동 국수거리.' 이름만 봤을 땐 국수의 대가들이 다 모여 있을 거 같은 느낌이었다. 하지만 기대와 달리 평범한 식당들이 줄지어 있을 뿐이었다. 그래도 괜찮은 집이 하나는 있겠지 싶어 아침저녁으로 조킹을 하면서 동네 이곳저곳을 다녔고, 겉으로 보기에 맛있어 보이는 식당 몇 군데를 발견했다. 그중에는 중식당도 있었다.

첫날은 점심에 갔고 간단한 식사를 했다. 중식당에 가면 당연히 맛봐야 할 짜장면으로 주문했다. 천상의 맛을 자랑하는 정도는 아니었지만 평범한 중식당보다는 꽤 맛있는 편이었다. 음식을 먹으며 메뉴판을 보니 꽤 많은 요리 메뉴가 있었다. 조리장이 실력에 꽤 자신이 있는 모양이었다.

2주 정도가 지난 어느 주말 오후, 유독 기름진 음식이 먹고 싶었다. 간단하게 먹을 수 있는 음식이 뭐 없을까 고민하다가 그때 그 식당을 떠올렸다. 탕수육과 소주 한 잔이면 충분할 거 같아 곧장 발걸음을 옮겼다. 사장님은 혼자 왔다는 젊은 손님을 보고 어리둥절한 표정을 지었다. 식사도 아니고 낮부터 술을 먹겠다는 손님이니, 뭔 일이 있나 싶었나 보다.

탕수육과 소주가 나왔다. 역시 음식에 집중하기 위해서는 메뉴를 최소화하는 게 중요하다. 탕수육의 맛에 온전히 집중했다. 고소한 튀김과 그 안에서 육즙을 자랑하는 고기, 새콤하면서 달콤한 소스가 잘 어우러졌다. 어쨌든 튀긴 음식이기에 가끔 느끼함이 올라오는데, 그럴 때면 소주로 잡아준다. 팔각 같은 향신료가 들어갔다면 향이 진한 술과 잘 어울리겠지만 탕수육은 그리 향이 진한 요리가 아니어서 오히려 소주가 맞았다. 그래도 둘이 왔다면 고량주를 시켰을 텐데. 혼자 고량주 한 병을 먹기엔 양이 너무 많다. 이런저런 생각을 하며 탕수육 한 접시를 끝냈다. 사장님은 주방에 부탁해서 짬뽕 국물을 조금 내어주셨다. 마지막 남은 느끼함과 알코올 향까지 잡아 완벽한 식사를 깔끔하게 마칠 수 있었다.

이 날의 나처럼, 많은 사람이 평소에도 중화요리를 먹는다. 식사로, 요리로, 안주로 다양하게 즐긴다. 지금 이 시각에도 누군가는 탕수육과 짜장면을 먹고 있을 것이다. 우리의 일상 속에 깊숙이 스며든 중식과 탕수육. 시작과 마무리, 처음과 끝에 모두 닿아 있는 중화요리는 어쩌면 우리 삶 전체를 관통하는 음식이 아닐까.

# 3

# 홍어와 통과의례

「내장을 먹으면 어른이 되는 거야」를 쓰면서 요리 연구가 백종원 씨의 말을 인용한 적이 있다. 내장 요리를 먹는 건 일종의 성인식과 같다는 말.

성인식, 하나의 통과의례이자 어른의 세계로 가는 티켓을 주는 의식이다. 예전처럼 생존을 위한 성인식은 사라졌지만, 우리에겐 아직 정신적인 통과의례가 존재한다. 아이에서 어른으로, 다른 문화권에서 우리 문화권으로 넘어온다는 의미에서의 통과의례. 통과의례는 가장 '나 같은 것'에서 시작되며, 곰삭은 생선 비린내처럼 내부인과 외부인 모두 쉽게 견딜 수 없는 것이 기준이 된다. 취두부 못 먹는 중국인이 많듯이, 우리나라에도 홍어, 청국장을 못 먹는 사람은 많다. 그렇지만 외국인이 그런 음식을 먹는 걸 볼 때 우리는 좀 더 친근감을 느낀다.

도시건축 전문가 유현준 교수는 한 음식 프로그램에 나와 홍어에 대해 이렇게 평가했다.

"악취가 나는 음식은 거리가 멀어질수록 그 향이 진하게 다가오는 거 같아요. 청국장을 그렇게 싫어하던 사람도, 홍어는 쳐다보지도 않던 사람도 고향 떠나면 그 냄새부터 떠오르잖아요."

유럽에 1년 반 정도 있었을 때, 외국인 친구들과 함께 지내느라 청국장을 끓여 먹을 수 없었다. 물론 홍어를 구할 수도 없었다. 그들에게 홍어와 청국장 냄새는 감당할 수 없는 향이었다. 홍어와 청국장을 구해서 먹었다면 룸메이트 브루노는 내 멱살을 잡았을 거다. "쭌, 왓 더…." 녀석이 어떤 말을 했을지 상상된다.

그 두 가지 음식이 먹고 싶긴 했지만, 당장 못 먹으면 죽을 것 같은 정도는 아니었다. 그래서 1년이 넘도록 그 흔한 된장찌개 한번 안 끓여 먹고 버텼다. 그러던 어느 날, 우연히 농구를 하다가 알게 된 한국인 부부 댁에 초대받아 음식을 싸 들고 놀러 가게 되었다. 두 분은 집밥이 최고라며 가정식 백반을 정갈하게 차려주셨다. 내 한국인 룸메이트와 나는 밥을 한술 뜨고 찌개를 먹고 난 후 눈시울이 붉어졌다. 이유는 둘 다 알수 없었다. 다만 진한 된장찌개 향에 나도 모르게 눈물이 글썽거렸고 어머니 얼굴이 떠올랐다. 물론 진짜로 울진 않았다. 엄마가 끓여준 건 아니었으니까. 하지만 옆에 있던 보쌈을 한입 맛보자, 이번에는 정말이지 눈물을 참을 수가 없었다. 너무 맛있었다. 익숙한 진한 향이 코끝을 찌를 때 우리는 고향을 느끼는지도 모른다.

유 교수가 말한 진한 기억은 이런 것이 아닐까? 신종 코로나바이러스로 몸살을 앓은 중국 우한시와 후베이성은 예로부터 호수가 많은 지역이다. 그곳에서는 질 좋은 민물새우가 잡히는데, 이 민물새우에 마라향을 입혀 만든 음식이 마라룽샤다. 고향에서 질리도록 마라룽샤를 먹었으니 타향으로 가면 생각이 안 날 법도 하지만 이곳 출신들은 고향만 떠나면 우한의 마라룽샤가 가장 생각난다고 한다. 마라의 진한 향과 중독성 있는 맛이 어린 시절 고향의 기억을 소환하기 때문일 수도 있다. 울산 출신 친구는 얼마 전 "집에 있을 때는 겨울마다 과메기를 너무 많이 먹어서 물렸는데, 서울 오니까 과메기가 당긴다."라고 했었다. 그날, 녀석은 과메기의 쿰쿰한 냄새가 그리워 횟집을 찾았다.

소위 악취가 나는 발효 음식의 경우 오랜 시간을 들인 만큼 그 향도 진하다. 그리고 향이 진한 만큼 머릿속에도, 위장 속에도 깊이 각인돼 있다.

콩고민주공화국 출신 방송인 조나단 씨는 과거 KBS〈인 간극장〉에 나와 삭힌 홍어를 거침없이 먹었다. 한국인도 아닌 아프리카 청년이 생홍어나 홍어무침도 아니고 삭힌 홍어를 거 침없이 먹자 지나가던 어르신 한 분이 그에게 질문을 했다.

"자네 아버지께서 전라도 분이신가? 홍어를 너무 잘 먹 는구먼, 총각."

어르신의 말에는 여러 의미가 담겨 있다. 겉모습만으로 한국인 여부를 판단할 수 없다는 것, 그리고 홍어를 좋아하면 전라도 사람일 확률이 높다는 것이다. 특히 두 번째가 눈에 띈 다. 어르신은 자기 지역 특산품을 좋아하는 사람에게 호감을 표시했다. 우리 지역 음식을 잘 먹으니 우리 지역 사람이나 다 름없다는 무언의 의사 표현이기도 했다.

6년 전쯤 음식과 통과의례에 관한 경험을 했다. 유럽 생활을 마무리하고 돌아오는 길, 마지막으로 서유럽을 여행하던 중에 있었던 일이다. 여행 3일째 되던 날 네덜란드 암스테르담에 도착해 도시를 구경하던 나는 간단하게 저녁을 해결할 생각에 전통시장으로 향했다.

전통시장에는 각종 꽃과 식재료가 가득했다. 한참을 구경하다 우리나라 포장마차를 닮은 점포 하나를 발견했다. 점포에는 '샌드위치 1유로'라는 한글이 선명하게 적혀 있었다. 키가 멀끔하게 큰 네덜란드 상인 두 명은 청어 샌드위치가 맛있다며 내게 추천했다. 스웨덴에서는 '수르수트뢰밍Surströmming'으로 불리는 발효된 청어와 각종 채소, 빵으로 만든 샌드위치였다. 상인은 "홍어 같아요."라며 어필했고, 가격도 쌌기에 도전해보기로 했다.

평소 홍어를 좋아하는 데다 각 나라의 독특한 음식을 먹는 일에 거부감도 없는 나는 샌드위치를 단번에 크게 베어 물었다. 생각보다 먹을 만했다. 가볍게 삭힌 청어는 통조림 속 고등어 같은 느낌이었다. 학생으로 보이는 아시아 청년이 단숨에 청어 샌드위치를 먹어 치우자, 아저씨들은 "하나 더 줄 테니 든든하게 배를 채우고 가세요."라며 음료와 함께 다른 샌드위치 하나를 내주었다. 모르긴 몰라도 청어가 그들과 나를 하나로

묶은 듯했다. 어쩌면 청어의 진한 향을 거리낌 없이 받아들이는 내 모습에서 동질감을 느꼈는지도 모르겠다.

우리는 왜 이토록 진한 향, 약간은 고약한 향에 열광하는 걸까? 곰곰이 생각하다가 '어른 입맛'이라는 단어가 떠올랐다. 진한 향을 내는 음식은 방법이 어떻든 발효된 음식일 확률이 높다. 이렇게 발효된 음식들은 각 지역의 기후, 풍토, 사람에 맞게 변화한 산물로 가장 그 지역다운 특색을 담고 있다. 아이들 입맛에 맞는 맛은 아니다. 달거나 새콤한 맛, 고소한 맛과는 거리가 머니까. 대부분의 발효 음식은 처음 만들어지는 과정에서 '상했다고 생각했는데 기대 이상으로 먹을 만해서' 지속적으로 먹게 된 경우가 많다.

성인들은 그 맛과 향을 '우리만의 특별한 것'으로 기억하며 먹는다. 진한 향 때문에 범접하기 힘들다는 점도 한몫한다. 고기에 숨어 있는 허세처럼 희소성의 법칙이 작용한 셈이다. 거부감 없이 먹을 수 있는 이가 적다 보니 잘 소화시키는 사람이 달리 보인다. 이렇게 통과의례를 넘어선 이들은 자연스레 우리 편이 된다. 나와 네가 다르지만, 공통의 음식을 통해 하나로 묶일 수 있는 것이다. 그렇게 특정 음식을 먹은 사람들은 낯설었던 음식과 문화에 한 발짝 다가서게 된다.

이제 와서 네덜란드에서 샌드위치를 팔았던 주인을 떠올려보니 내가 상술에 넘어간 게 아닌가 싶기도 하다. 그들은 익숙하고 고약한 음식이 얼마나 강하게 사람을 끌어당기는지 이미 알고 내게 청어 샌드위치를 권했는지도 모른다. 어찌 됐든 그날 이역만리 네덜란드 땅에서, 어딘가 익숙한 삭힌 생선을 빵에 끼워 먹는 색다른 경험을 할 수 있었던 건 "홍어 같아요."라는 그 한마디 덕분이었다.

# 4
# 비계는 살 안 쪄요

한때 살이 많이 찌는 바람에 세 자리 몸무게를 기록한 적이 있다. 지금도 가장 날씬했던 시절보다는 살이 붙었지만, 그래도 '비곗덩이' 상태는 아니니 조금 위안을 하며 살고 있다. 고등학교 3학년 때 좋아하던 친구가 있었다. 얘기도 많이 나누고 서로 고민도 들어주며 나름 친하다고 생각했었다. 꽤 오랜 시간을 기다리다 마침내 친구에게 고백을 한 순간, 그 친구는 정색을 하며 싫다고 했다. 그리고 오래도록 뇌리에 남을 한마디를 던졌다.

"꺼져, 이 비곗덩어리야. 더러워."

그날 이후 충격으로 음식을 더 먹었던 기억이 있다. 식단 조절을 하고 있는 지금도 스트레스 푸는 데 폭식만큼 효과적인 건 없다는 생각을 가끔 하긴 한다. 몸에는 당연히 안 좋지만. 이후 나는 대학에 갔고, 군 복무를 끝내고 복학한 학기에 소개팅을 했다. 나름 날씬하게 몸을 만들었던 터라 스스로 괜찮다고 생각하고 있었다. 잠시 화장실에 다녀오는 길, 그녀가 주선자와 통화하는 소리가 들렸다. "너무 별로야. 살찐 사람 싫다고 했잖아." 지금은 살이 아니라 그 사람의 인격이 별로였다는 사실을 알게 됐지만 당시에는 모든 게 내 탓인 것 같았다. 그날 이후 약 20kg을 뺐다. 하지만 문제는 살이 아니었다. 마치 고기에 붙은 비계를 보고 내뱉는, "이거 먹으면 살쪄."라는 말처럼.

육고기나 물고기 모두 버리는 부분이 있다. 주로 비계나 기름이 여기에 해당한다. 우리는 생선이나 고기를 손질하면서 가끔 이런 말을 한다.

"저거 먹으면 살이 뒤룩뒤룩 쪄. 살 빼려면 저런 거 다 잘라내야 돼."

뭐 틀린 말은 아니다. 하지만 살이 찌는 건 비계 때문이 아니라 나 때문이다. 고기는 살이 안 찐다. 내가 찌는 거지. 아무리 비계를 향해 네 탓이라고 비난해 봐도 결국 원인은 우리에게 있는 것이다.

살찌는 건 그렇다 치고 "비계를 어디에다가 써?"라고 반문할 사람도 있겠다. 흠…. 비계를 어디에 쓸까? 우선 먹는다. 우리는 살코기를 먹는다고 착각하지만 '기름' 혹은 '비계'라 불리는 지방 부분과 함께 섭취할 때가 많다. 개인차가 있겠으나, 나는 그편이 더 맛있다. 살점만 있는 고기도 맛있지만 퍽퍽하기 쉽다.

등 푸른 생선을 구워 먹을 때도, 치킨을 먹을 때도, 참치를 먹을 때도 우리는 단백질과 지방이 적절히 조화를 이룬 부분을 먹는다. 특히 돼지고기나 소고기를 먹을 때면 마블링을 강조한다. 따지고 보면 마블링의 흰 띠는 기름 아닌가? '마블링이 잘 돼 있는 고기가 맛있습니다'라는 말은 '고루고루 기름이 섞인 고기가 맛있습니다'라는 말처럼 들린다.

비계는 각종 화장품이나 공업용 원료에 쓰이기도 하고, 모두 잘 알다시피 고기 굽는 판을 반들반들하게 만드는 용도로도 사랑받는다. 조리를 할 때 고기─육고기건 물고기건 간에─에서 나온 천연 기름은 구이, 찜 등 요리의 풍미를 더해준다.

그뿐만 아니다. 예부터 돼지비계는 만찬의 대명사였다. 호메로스의 『오디세이아』에도 주인공 오디세우스가 이타카섬으로 돌아와 향연을 벌이는 장면에서 돼지비계가 등장한다. 책은 돼지비계가 포함된 돼지고기구이를 찬양하며 진수성찬이라고 표현한다. 이처럼 비계는 동서양을 막론하고 여러 형태로 활용되며 사랑받은 식재료다. 우리나라 사람들은 돼지 껍질을 별미로 여기고, 영미권에서는 돼지고기 지방을 정제한 '라드Lard'를 마가린보다 더 건강한 식재료로 대우하며 사용한다.

　　이 글을 읽고 고기에 붙어 있는 기름을 경멸하는 시선이 조금 바뀐다면 좋겠다. 비계는 잘못이 없다. 오히려 우리 몸에 이롭다. 다이어트를 위해서는 비계가 아니라 전체적인 식사량을 줄이는 게 낫고, 건강을 생각한다면 고소한 마가린보다 고기의 기름이나 천연 버터를 사용하는 게 좋다. 하도 비계 얘기를 했더니 갑자기 돼지 껍질이 먹고 싶어졌다. 이만 마무리하고 껍데기집으로 가야겠다.

# 5 김치찌개 속 고기

각종 예능에서 '한 입만!'을 외치는 이유는 그 한입이 너무 맛있기 때문이다. 동생이 라면을 끓이면 형이나 누나는 "나 한 입만 먹을게." 하고 조른다. 하지만 우리는 이미 알고 있다. 한 입이 진짜 한 입에서 끝나지 않는다는 사실을. 남이 만든 음식이 더 맛있고 남의 떡이 더 커 보이듯이 남이 먹는 라면 한 젓가락이 더 당기는 법이다. 이와 비슷한 이치의 요리가 있다. 바로 김치찌개와 그 속의 돼지고기다. 어머니들은 항상 말씀하신다.

"찌개에서 고기만 골라 먹지 말아라. 나중에 김치만 남아."

우리는 '김치'찌개를 먹지만 역설적이게도 그 속에 든 돼지고기를 더 좋아한다. 밥을 다 먹고 나서 아직 온기가 남아 있는 찌개 냄비 근처에 가본 경험이 누구나 한 번쯤 있을 것이다. 냄비 뚜껑을 살짝 열고 고기를 쏙 하고 골라 먹으면 밥을 한 공기는 더 먹을 수 있을 거 같은 기분이 든다. 그리고 어김없이 엄마에게 걸려서 등짝 스매싱을 당한다.

우리는 왜 김치찌개 속 고기를 좋아하는 걸까? 김치보다 양이 적어서 그런 걸까? 그냥 고기가 좋아서? 그것도 아니면 배고픈데 아까 식사 때 먹었던 고기 맛이 생각났기 때문일까? 여러 이유가 있겠지만 개인적으로는 희소하기 때문이 아닐까 생각한다. 세상 무엇이든 부족한 것일수록 귀하다. 특히 사람들이 많이 원하는 것이라면 희소성은 더 높아지고, 그래서 더 갖고 싶다. 음식도 마찬가지다. 우리가 좋아하는 것의 양이 적으면 더 간절히 먹고 싶어진다.

반대로 고기 양이 김치나 국물보다 많다면 어떻게 될까? 우선 맛이 없어 보일 것이다. 찌개에 고소한 돼지고기가 들어가는 건 중요하지만 그렇다고 배보다 배꼽이 커지면 모양새가 좋지 않다. 명색이 '김치찌개'를 먹는 건데 고기를 뒤져 김치를 건져 먹어야 한다면 참 우스울 거다. 희소가치가 떨어지니 고기를 남기게 될 공산도 크다. 실제로 고기가 반 이상인 찌개를 끓인 적이 있었는데, 생각보다 별로였다. 김치찌개를 먹을 때는 개운한 국물을 기대하기 마련인데 고기가 김치나 국물보다 많으면 느끼해지기 쉽다. 한마디로 밸런스가 무너진다.

대학교 근처에 고기가 더 많은 김치찌개를 파는 식당이 있었다. 고기를 좋아하다 보니 점심 때 그 식당에 자주 갔다. 맛도 있고 양도 푸짐해서 학생들에게 인기가 많았다. 그 인기가 영원할 줄 알았다. 그런데 고기 많은 김치찌개를 메뉴에 도입한 지 한 학기가 지나고, 다음 학기에는 그 메뉴가 사라졌다. 사장님께 여쭤보니 "물린다는 학생이 많아서 없앴어요. 양을 줄이면 식당 평판에 영향을 줄 테니 없애는 게 최선이었어요."라는 답이 돌아왔다. 단편적인 예지만 맛에 있어 균형이 얼마나 중요한지 알려주는 일화다. 내 기억에도 김치찌개 맛집으로 소문난 식당 가운데 고기 양이 찌개의 1/3을 넘기는 곳은 드물다.

맛에서 균형을 찾는 것만큼 건강에서도 밸런스를 맞추는 게 중요하다. 한때 '황제 다이어트'라는 극단적인 단백질 다이어트가 유행한 적이 있다. 탄수화물을 대신해 단백질만 섭취하고 운동을 하면 온몸의 체지방이 빠질 것이라는 단순한 생각에서 출발한 다이어트 방법이다. 개인차가 있긴 했지만, 대부분의 사람에게 이 방법은 맞지 않았다. 황제 다이어트를 했던 이들 중 일부는 치명적인 건강 문제를 겪기도 했다. 우리는 기본적으로 잡식성이다. 어느 하나만 먹고 살 수 없다. 심지어 육식동물인 사자, 호랑이도 소화가 안 되거나 병이 나면 풀을 뜯어 먹는다는데 우리는 오죽할까.

그렇다면 '맛있는 김치찌개'는 뭘까? 나는 김치찌개를 끓일 때 육수를 먼저 낸다. 멸치 육수도 좋고 채소를 우린 물도 좋다. 고기가 들어가든 안 들어가든, 깔끔하고 깊은 맛을 내는 육수는 국물 요리에 있어 가장 중요한 요소다. 다음으로 약간의 고춧가루, 김치, 고기 등을 넣고 푹 끓이면 한겨울 시린 몸을 따뜻하게 해줄 찌개가 완성된다.

우리는 '되는 대로 먹지'라고 생각할 때가 종종 있다. 물론 무슨 음식으로든 배만 채울 생각이라면 상관없을 것이다. 하지만 어떤 음식을 만들고 어떤 음식을 먹는지는 우리 몸에 중요한 일이다. 오늘 저녁에 족발에 소주 한잔 걸치기로 친구와 약속했다면, 몸과 마음은 이미 점심때부터 족발의 콜라겐을 받아들일 준비를 마칠 것이다. 그런데 갑자기 회를 먹는다면? 상관없을 수도 있겠지만 생각보다 맛이 없을 가능성이 크다.

심하면 탈이 날 수도 있다. 초 단위로 살아가는 현대인이지만, 음식만큼은 마음의 준비가 된 상태로 받아들였으면 한다.

김치찌개도 비슷하다. 찌개는 말 그대로 밥과 함께하는 국물 요리다. 식사를 위한 음식을 자칫 느끼하기 쉬운 안주처럼 만든다면, 함께 식사하는 상대에게는 부담이 될 수도 있다. 고기에 집중하고 싶다면 고기가 주재료인 요리를 만드는 게 현명하다. 국물과 김치에 고기를 곁들이는 게 아니라 고기에 김치를 곁들이고 싶다면, 김치찌개보다는 김치찜이 낫다는 말이다.

그나저나 정육점에서 국거리용 돼지고기를 세일한다는 광고를 봤다. 집에 들어가는 길에 고기 한 팩을 사서 돼지고기 김치찌개를 끓여 먹어야겠다.

# 6
## 순대 좋아해요?

　며칠 전 순대국밥을 먹다가 방송인 신동엽 씨가 예능프로그램 〈마녀사냥〉에서 했던 이야기가 떠올랐다. 그는 아내를 만나면서 결혼을 결심한 순간으로 순대국밥 먹던 날을 꼽았다.

　"뜨끈한 순대국밥에 소주를 한잔 걸치는 모습이 인상적이었어요. 깍두기 국물을 순대국밥에 넣는 모습이 얼마나 멋있던지."

　예상치 못한 소탈한 모습이 드러나면 사람이 달리 보일 때가 있는데 딱 그 경우인 듯하다. 국 중에 어머니가 해준 시래깃국 다음으로 순댓국을 좋아하는 사람으로서, 순댓국에 소주 한잔 함께할 사람이 늘 곁에 있다면 더할 나위 없이 좋을 거 같다. 그런데 왜 하필 순대냐고? 거기엔 다 이유가 있다.

　　속 재료에 따라 호불호가 갈리기는 하지만, 많은 사람이 순대를 좋아한다. 분식집에서부터 순대 전문 식당까지 전국 어디서나 맛볼 수 있다는 것도 순대가 가진 장점이다. 또한 순대는 완전무결한 내장 요리이자 고기 요리의 업그레이드 버전이라고 생각한다. 자칫 버리기 쉬운 내장을 손질해 재활용하는 것은 물론 채소, 곡물, 육류를 활용해 속을 채워서 전혀 다른 형태의 요리로 탄생시키기 때문이다. 사실 내장은 어떻게 먹어도 그 자체로 맛있지만 안에 뭔가를 넣으면 그 풍미는 한층 업그레이드된다.

　　내장 안에 무언가를 넣었다는 사실에 비위가 상하거나 거부감을 표하는 사람도 있다. 하지만 내 눈엔 창자에 재료를 채우는 행위가 자연스러워 보인다. 모든 생명체의 창자에는 음식물이나 에너지원이 담겨 있다. 이를 재활용하면서 다른 것으로 채우는 행위는 원상태로의 회귀, 그러니까 일종의 순환처럼 보이기도 한다. 순대만이 아니다. 소시지, 블랙 푸딩 등 널리 알려진 내장 요리들은 하나같이 다른 재료로 속을 채워 만든다. 요즘같이 버리는 음식물이 많은 시기에 순대는 귀감이 된다. 순대를 처음 만든 사람을 만날 수 있다면 내 감탄스러운 심정을 여과 없이 표현하고 싶다. 버릴 수도 있는 창자에 속 넣을 생각을 하다니요!

그렇다면 누가 순대를 만든 걸까? 창자에 고기와 피, 채소, 곡물 등을 처음으로 채운 건 누구일까? 스키타이나 몽골족과 같은 기마민족이 음식을 보관하기 위해 만들었다는 설도 있고 가축을 잡고 남은 창자를 재활용하는 과정에서 순대가 나왔다는 설도 있다. 창자에 속을 넣은 요리는 세계 곳곳에 있으니, 여기저기서 자연스럽게 생겨났을 거라는 말도 있다. 이야기는 많고 기원도 다양하지만 정확히 누가 만들었는지는 알려지지 않았다. 김을 김 씨 어부가 만들었다는 설과 비슷한 정도의 이야기만 전해지고 있을 뿐이다. 정확한 유래를 알 수 없어 아쉽긴 해도, 순대가 이 세상에 있다는 사실을 떠올리면 그것만으로 행복해진다.

만든 사람이 누군지 알 수는 없지만 순대의 역사는 우리 예상보다 훨씬 오래되었다. 조선 시대의 선비와 고려 시대의 무관, 삼국 시대의 농민이 모두 순대를 즐겼을 가능성이 높다. 순대에 대한 묘사가 있는 최초의 문헌은 중국에서 가장 오래된 농업기술서 『제민요술齊民要術』이다. 책에는 "양의 피와 양고기 등을 다른 재료와 함께 양의 창자에 채워 넣어 삶아 먹었다."라고 나와 있다. 전문가들은 우리나라에서도 비슷한 시기부터 순대와 비슷한 조리법으로 음식을 만들어 먹었을 것이라고 추측하고 있다. 물론 우리의 옛 요리책에도 쇠창자찜, 어교순대 등의 조리법이 전해지고 있다. 이렇게 유서 깊은 음식인데 사극에서 순대를 먹는 장면은 못 본 거 같아 조금 서운해졌다.

재료를 버리지 않는다는 점, 완전무결하고 유서 깊은 음식이라는 점 외에도 내가 순대와 순댓국을 좋아하는 이유는 더 있다. 순대는 어쩌면 현대인과 가장 잘 맞는 음식일지도 모르겠다. 살아 있는 식물들로 거대한 강아지를 조형한 제프 쿤스의 〈퍼피Puppy〉처럼 키치kitsch하게 보이면서도 내실을 갖췄고 그 어떤 음식보다 우리에게 친숙하다. 순대를 안 먹는 사람, 못 먹는 사람은 많아도 한 번만 먹은 사람은 드물 것이다. 그만큼 쉽게 접할 수 있다는 뜻이다. 그래서인지 순대에는 무언가 편안한 느낌이 있다. 순댓국집에 가서 순대국밥 한 그릇을 시켜 식사로 하기도 좋고, 소주와 함께 술안주로 즐기기에도 적당하다. 순대는 식사이며 술안주인 동시에 간식거리이기도 하다. 길을 걷다 마주치는 당면순대와 간을 떡볶이 국물에 찍어 먹으며 주린 배를 채우던 학창 시절이 누구에게나 있다.

순대는 가능성의 음식이다. 동그란 창자라는 테두리 안

에 갇힌 듯 보이지만 재료의 한계를 넘어서 무궁무진하게 변할 수 있기 때문이다. 소와 돼지, 양의 창자를 비롯해 생선의 부레, 오징어와 같은 해산물까지 다양한 재료에 속을 채우면 순대로 변신한다. 겉을 감싸는 창자뿐만 아니라 속 재료도 취향에 따라 바꿀 수 있다. 노점에서 파는 당면이 든 순대부터 피, 채소, 고기까지, 원하는 재료를 넣으면 그 이름으로 된 순대가 완성된다.

순대에 대해 이야기하라면 밤을 새울 수도 있을 것 같다. 순대가 좋고 순댓국을 즐기는 사람을 만나고 싶은 또 다른 이유는 이 음식에 감동이 담겨 있어서다. 나는 가끔 혼자 순댓국집에 간다. 여러 사람의 얼굴을 보고, 그들의 이야기를 듣는 일이 좋기 때문이다. 힘든 일과를 끝낸 뒤 국밥을 말아먹는 가장의 모습도 있고, 술 한 잔과 함께 사랑의 눈빛을 교환하는 커플의 이야기도 있다. 선배를 따라와서 처음으로 순대를 먹어보는 대학생의 설렘도, 오랜만에 만나 두런두런 이야기하는 친구들의 정다움도 있다. 속을 따뜻하게 데우려 국물까지 싹싹 비우는 사람의 만족스러운 얼굴도, 자식에게 한 끼 든든하게 먹이고 싶어 하는 부모의 미소도 보인다.

당신 곁의 누군가가 순대를 좋아하고 순댓국을 좋아한

다면, 순대의 가치를 알며 그 국물을 즐거이 마시고 있다면 고개를 들어 그 사람의 얼굴을 한 번 더 보길 바란다. 어쩌면 당신에게 둘도 없는 사람일지도 모른다.

# 고기를 먹지 못하는 때가 온다면

　사람은 한순간을 살면서도 모든 것이 영원할 거라 착각
한다. 영원히 사랑한다는 맹세를 남발하는 연인들처럼. 음식
도 마찬가지다. 20대 시절에는 돌도 씹어 먹을 기세로 음식을
먹었다. 술을 위장에 들이붓고도 다음 날이면 멀쩡해져서 아침
강의를 듣곤 했다. 요즘은 술 마시다 새벽 한 시를 넘기면 다음
날 피로로 온종일 멍하니 있게 된다. 그렇게 많이 마신 것도 아
닌데 이렇게 몽롱해지는 건 기분 탓일까? 아니면 역시 간 때문
일까? 간과 위장도 나이를 먹긴 먹나 보다. 예전에 코미디언 지
상렬 씨가 방송에서 했던 말이 생각난다.

　"얘(위)도 한 50년 쓰니까 예전 같지 않아요. 라면 반 개

가 딱 맞아. 소화가 안 돼. 부대껴."

소화기관이 늙는 만큼, 우리가 고기를 먹을 수 있는 시간도 줄어들고 있다. 나 역시 고기를 좋아하니 영원히 육식을 즐길 줄 알았지만 최근 겪은 일 이후로 생각이 많이 바뀌었다.

몇 해 전, 외갓집에 오랜만에 갔을 때 일이다. 지난겨울부터 가려고 했는데 가족들이 돌아가면서 수술을 받는 바람에 해를 넘겼고, 코로나19 때문에 한동안 가기가 꺼려졌다. 젊은 사람들은 몰라도 연세가 많은 할아버지, 할머니를 뵈러 가는 거여서 혹시나 하는 마음이 들었기 때문이다. 한참을 고민하다가 지난달에 외갓집이 있는 전남 담양으로 향했다. 가면서 합천에 있는 조부모님 산소에 들렀다. 특별한 일이 없으면 으레이 경로를 택하곤 한다.

한해 전에 할아버지 생신 때 찾아뵈었기에 어머니 쪽에서는 그나마 염려가 덜했지만, 할아버지께서 사위와 손주, 자신을 걱정하는 연락을 하셔서 마음이 쓰이신 모양이었다. 하긴 할아버지 연세가 내일모레면 아흔이시니 한 번이라도 더 자식 얼굴, 손주 얼굴을 보고 싶으실 거다. 오랜만에 외갓집으로 향하는 마음은 즐거웠다. 할아버지, 할머니께서는 소식하시는 편인데, 그래도 고기반찬이 나오면 조금 더 드신다. 그래서 아버지는 "서울서 사위 내려왔는데 고기 드셔야죠."라며 항상 고깃집에 두 분을 모시고 간다. 사실 그래서 조금 더 기대가 되기도 했다. 누군가와 고기를 먹는다는 건 내게 있어 큰 의미니까.

그날도 점심엔 순창에 있는 단골 한정식집에 가고 저녁엔 담양에 있는 고깃집에 갔다. 불과 몇 년 전까지만 해도 고기를 곧잘 드시던 할아버지였는데 이번에는 조금 달랐다. 예전처럼 고기를 드시지 못했다. 고깃집에서 할아버지와 마주 앉은 나는 더 신경 써서 고기를 구웠다. 지금까지 살아오면서 갈고닦은 굽기 실력을 총동원했다. 노릇노릇하되 지나치게 익지 않고, 씹기 좋으면서 육즙이 살아 있는 최적의 상태를 위해 불판을 뚫어지게 쳐다봤다. 하지만 할아버지는 몇 점 드시더니 젓가락을 내려놓으셨다. 속으로는 내가 고기를 제대로 못 구운 건가, 하고 걱정도 됐다.

1박 2일 일정이 끝나고 서울로 향했다. 올라오는 길, 부모님은 할아버지가 예전만큼 고기를 드시지 못한다는 이야기를 꺼내셨다. 다른 건 안 드셔도 고기는 좋아하셨는데…. 그마저 잘 드시지 못하는 모습에 가슴 한편이 아려왔다. 그리고 '영원히 고기를 먹을 수 있는 건 아니구나' 하는 생각이 이어졌다. 고기를 먹지 '않는' 건 개인적인 의지겠지만 먹지 '못하는' 까닭은 저마다 다를 것이다. 나이가 들어서, 소화가 안 돼서, 돈이 없어서, 고기를 구할 수 없어서…. 많고 많은 이유 중에서 '이제는 더 이상 먹을 수가 없게 되어서' 먹지 못하는 게 가장 슬프게 느껴졌다. 그 좋아하는 고기를 떠나보내야 하는 순간이 언젠가는 올 거라는 생각에, 누군가에게 고기를 대접할 수 없는 시기가 올 수도 있다는 마음에 울적해졌다.

그 일이 있고 2주 정도 지난 어느 날, 코로나19 때문에 미국의 유통구조가 마비돼 고기 수급이 어렵다는 뉴스가 보도되었다. 나이가 들면 누군가와 고기 먹는 게 사치일 수도 있겠다고 생각했는데, 그런 날이 더 빨리 올 수도 있을 것 같았다. 이전 글에서 언급했던 것처럼 우리는 사육과 도축의 과정을 생략한 채 상품으로 된 고기만을 접하고 있다. 어느 순간 유통이 멈춘다면 고기 먹기가 몇 배는 어려워질 것이다. 대부분의 사람에겐 가축을 기르거나 도축해 본 경험이 없기에 소, 돼지, 닭이 있어도 잡기가 힘들 것이다. 식량이 아주 바닥나지 않는 한 쉽게 잡아먹을 생각을 하지 못할 테니까. 쌀이 주식인 우리나라 사람들은 그나마 괜찮겠지만, 사실상 고기를 주식 삼는 미국인들은 육류와 육가공품 유통이 멈추면 나라 전체가 마비 상태에 빠질 가능성도 있다. 그렇다고 집마다 가축을 기르는 것도 아니고, 한동안 마카로니만 먹으며 연명해야 할지도 모르는 일이다.

지금은 집 앞 마트나 정육점만 가도 널린 게 고기지만, 우리가 생각지 못한 순간 고기를 먹지 못하게 될 수도 있다. 고기를 떠나보내야 할 때가 언젠가 꼭 온다는 사실은 꽤 놀랍고 생소하게 다가왔다. 그러나 그게 자연스러운 일이라면 결국엔 받아들여야 하지 않을까.

세상엔 다양한 성격과 가치관을 가진, 다양한 식성의 사람들이 있다. 누군가는 일주일에 하루 동안 고기를 금식하며 육식에 대해 다시 한번 생각할 수도 있고, 다른 이들은 소중한 사람들과 고기 먹는 시간을 더 귀하게 여기며 훗날 그 순간들을 추억할 수도 있다. 고기를 좋아하든 싫어하든 고기가 모든 이에게 저마다의 의미를 주는 건 분명하다.

"오늘의 고기를 내일로 미루지 말라."는 말을 우스개처럼 하던 시기가 있었다. 이제는 이 말을 조금 더 실천하는 삶을 살아볼까 한다. 소중한 사람, 가족, 친구에게 고기 한 점이라도 더 먹이고 싶은 마음. 고기가 내게 주는 의미는 그렇다. 이 글을 읽는 당신의 마음도 그러하다면, 다음 식사 때는 아끼는 이의 접시에 고기 한 점 올려 주면 어떨까 싶다.

# 한 번쯤 생각해 보는 고기의 삶

"참 많이도 먹었네."

글을 마무리하고 든 생각이다. 참 많이 먹었고, 앞으로
도 잘 먹을 것이다. 그래도 먹은 날보다 먹을 날이 더 많기에
이쯤에서 글을 쓴 게 참 다행이라는 생각도 들었다. 매일 하는
식사와 늘 상에 오르는 고기. 우리는 참 쉽게도 '먹는다'. 이따
가, 내일, 그리고 1년 후, 10년 후에도 또 먹을 거니까, 생각하
며 매번의 식사에 큰 의미를 두지 않는다.

고기를 보면 그저 입으로 가져가기 바빴던 나지만, 고기
에 대한 생각을 정리하면서 인생의 생각보다 많은 부분이 고기

그리고 육식에 연결되어 있음을 깨달았다. 탄생과 죽음, 행복과 축하, 배려와 사랑…. 조금 더 구체적으로 얘기해 볼까? TV로 축구 경기 중계를 볼 때, 연인과 레스토랑에서 분위기 낼 때, 영화를 보다가 배가 고파 배달 음식을 시킬 때도 우리는 가장 먼저 고기를 떠올린다.

이 글을 읽은 당신도 고기를 먹으며 한 번쯤 당신의 삶, 그리고 눈앞에 놓인 이 고기의 삶을 생각해 봤으면 좋겠다. 나도, 여러분도 다 먹고 살자고 하는 일이니까.

## 초식남 이지만 채식주의자는 아닙니다

초판 1쇄 인쇄 · 2024년 12월 12일
초판 1쇄 발행 · 2024년 12월 19일

지은이 · 변준수
펴낸이 · 천정한
펴낸곳 · 도서출판 정한책방

출판등록 · 2019년 4월 10일 제446-251002019000036호
주소 · 충북 괴산군 청천면 청천10길 4
전화 · 070-7724-4005
팩스 · 02-6971-8784
블로그 · http://blog.naver.com/junghanbooks
이메일 · junghanbooks@naver.com

ISBN 979-11-87685-97-5 (03810)